N° 15

COLLECTION DE
ROMANS POPULAIRES

20c

PRES L'EPREUVE

ROMANS POPULAIRES A 20 CENTIMES

Mme CHARLES PÉRONNET

Après l'Épreuve

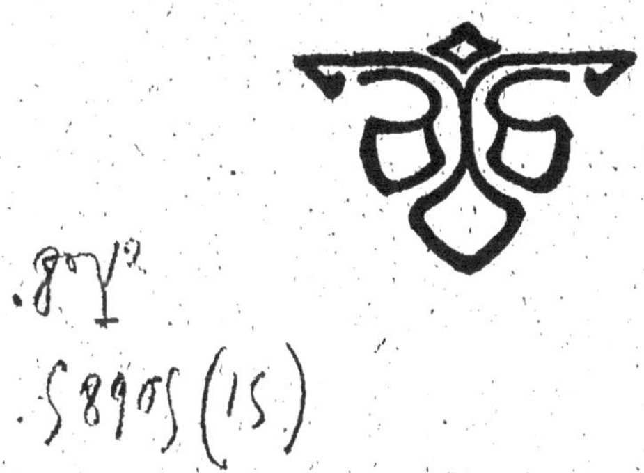

PARIS, 5, rue Bayard, PARIS

APRÈS L'ÉPREUVE

I

4 heures du soir sonnèrent en ville, et ces quatre coups s'échelonnèrent durant quelques minutes, comme dans les pays où chacun règle son horloge à sa fantaisie, sans se conformer à un régulateur quelconque.

Ils tombèrent graves et solennels du clocher de l'église paroissiale, vifs et gais de la tour de l'Hôtel de Ville, lents et mesurés du fronton du Palais de Justice..... si bien que la sonnerie reprenant sur un ton différent menaçait de s'éterniser, et qu'il était bien vraiment *le quart* aux Cordeliers, lorsque l'heure atteignit enfin, dans sa course, le cadran du Lycée.

Elle annonça bruyamment l'instant désiré de la fin des classes et de la sortie des élèves. Il y eut tout aussitôt comme un frémissement dans l'intérieur du vieux bâtiment, un murmure de voix contenues, un piétinement plein d'impatience.

Enfin la grande porte s'ouvrit, livrant passage à une multitude d'enfants qui se répandirent sur la place en un joyeux tumulte. Il y en avait de grands, de moyens, de petits..... tout ce jeune monde criant, courant, se bousculant.....

Il y eut quelques chutes, quelques disputes, la boutique du marchand de pommes et de marrons fut prise d'assaut ; ce fut, pour un instant, une mêlée assez amusante pour un observateur.

Peu à peu cependant, les groupes se divisèrent et s'écoulèrent par les rues adjacentes, laissant retomber la petite place dans une tranquillité absolue, mais passagère, les mêmes scènes devant se reproduire à peu de chose près à 6 heures du soir, à la sortie des demi-pensionnaires et des externes surveillés.

La grande porte se referma, tandis que celle de moindre dimension, située à droite, s'ouvrait devant le groupe des professeurs.

Là aussi la diversité de personnes subsistait. A côté de vieux maîtres blanchis sous le harnais, des hommes d'âge moyen, d'autres tout jeunes encore, à peine échappés de l'Ecole normale. Parmi ces derniers, se détachait, grâce à sa haute stature, le professeur de rhétorique, M. Jacques Saurel. A le bien considérer toutefois, son aspect très juvénile était dû surtout à sa minceur, à la fine moustache blonde qui ombrageait sa lèvre ; un examen plus approfondi montrait qu'il approchait au moins de la trentaine.

Tandis que, instinctivement joyeux d'en avoir fini, ce soir-là, avec leur tâche journalière, ses confrères causaient entre eux avec animation, lui ne semblait prêter à leurs propos qu'une oreille distraite, et il les quitta sur le seuil en disant :

— C'est entendu, Messieurs, je serai exact à la réunion de jeudi. Permettez-moi, à présent, de vous quitter pour aller chercher mon petit garçon.

Des poignées de main, des saluts furent échangés, et le groupe universitaire se disloqua à son tour.

Demeuré seul, le jeune homme traversa d'un pas rapide la grande cour ombragée de platanes aux feuilles jaunissantes, et s'arrêta devant une porte où se lisaient ces mots : classe enfantine.

Il entra et se trouva en présence d'une bonne massive, au sourire placide, qui balayait sans se hâter.

— Je viens chercher Robert. Est-il prêt?

— Ah! c'est vous, Monsieur Saurel. Certainement qu'il est prêt, le pauvre! et même qu'il languit après vous, car il reste bon dernier, ce soir. Je vais l'appeler.

Elle disparut et revint, au bout d'une minute, tenant par la main le plus mignon, le plus gentil écolier qui se pût voir.

Robert Saurel, car c'était lui, ressemblait à son père autant qu'il est possible à un enfant de ressembler à un homme. Même tournure élancée, mêmes cheveux blonds, mêmes yeux bleus rêveurs et distraits. Il était charmant à voir, correctement boutonné dans son pardessus bleu, avec son grand feutre, ses gants foncés aussi, le col blanc rompant seul la sévérité du costume. Robert avait cinq ans.

A la vue de son père, un sourire illumina ses traits sérieux, et, quittant la main de Clarisse, il se jeta dans ses bras en s'écriant :

— Oh! papa, j'ai cru que tu ne viendrais jamais!

— Je ne t'oubliais pas, mon petit homme ; mais j'avais à causer avec ces messieurs. Partons vite, je voudrais te faire faire un tour avant de rentrer.

Ils s'en allèrent tous deux, suivant les rues au hasard jusqu'à la sortie de la ville, peu sensibles en apparence à ce qui les entourait, et si semblables, si rapprochés l'un de l'autre que plus d'une bonne femme se retourna en murmurant :

— En voilà un qui ne pourrait pas renier son fils!

Renier son fils...., le professeur n'en avait guère envie, à voir le tendre soin avec lequel il guidait sa marche, évitant les cailloux, les flaques d'eau, et serrant bien fort la petite main nerveuse qui frémissait dans la sienne. Tout en cheminant, ils causaient. Robert racontait son après-midi : il avait lu, il avait écrit sur une ardoise et bien récité sa fable..... il avait joué aussi avec des petits qu'il ne connaissait pas. Et puis, le temps lui avait duré de rentrer chez lui, de revoir son papa.....

— Mon pauvre petit, moi aussi il me tardait de te retrouver. Mais tu t'habitueras, n'est-ce pas? Tu verras comme nous serons heureux tous les deux, comme nous aurons de beaux jours de congé! Tu vas tant grandir, devenir si raisonnable, que tante Marie et les cousins ne te reconnaîtront plus, aux vacances.

Une ombre légère passa sur le petit visage mobile, tandis qu'un gros soupir parvenait aux oreilles du professeur. Il se baissa, anxieux :

— Puisque tante Marie s'en allait si loin et ne pouvait pas t'emmener, c'était à mon tour de t'avoir, et j'avais tant envie de te reprendre, mon chéri!

L'enfant, plus développé qu'on ne l'est souvent à cet âge, comprit-il instinctivement le sentiment qui agitait son père..... de la crainte, beaucoup d'amour, une sorte de jalousie envers ceux qui l'avaient aimé jusqu'ici?..... Il leva les yeux et sourit :

— Je m'habituerai au lycée, dit-il bravement, et je veux rester avec toi, papa!.....

On était en octobre, et, bien que la température fût assez douce, la campagne, dans cette province de l'Est, présentait déjà un aspect souverainement mélancolique. Les prairies humides étaient étoilées de ces pâles fleurs de colchique, qu'on appelle là-bas des *veilleuses*, et qui sont la dernière parure de l'automne ; les feuilles rouillées jonchaient le sol ; un dernier rayon de soleil éclairait faiblement les champs jaunis et les arbres à demi dépouillés.

Le jeune homme considéra un moment ces grands espaces qui ne lui étaient point familiers, ces villages lointains dont il ne savait pas le nom..... Et tout cet ensemble nouveau, ces perspectives étrangères qui n'éveillaient en lui aucun souvenir jetèrent son âme dans une pénible impression d'isolement.

Un peu de brouillard commença à s'élever au-dessus de la rivière, des corbeaux traversèrent l'azur pâli pour regagner les bois en poussant leur cri lugubre. Jacques serra plus étroitement la main de son fils et jugea que la promenade avait assez duré.

Il reprit le chemin du logis, sans être bien fixé sur la route à suivre, car une semaine s'était à peine écoulée depuis son arrivée à Pont-les-Salines. Il se retrouva sans peine cependant, et déboucha sur une place carrée qu'on nommait l'Abbaye.

Elle était entourée d'une double rangée de vieux arbres ; une fontaine, occupant le centre, était surmontée d'une nymphe en pierre dont l'urne penchée pleurait goutte à goutte dans un bassin rongé par la mousse.

Des maisons basses et régulières formaient un cadre bien approprié à ce lieu mélancolique, et, le nom aidant, on ne pouvait s'empêcher de songer à quelque ancien béguinage conservé, comme par miracle, dans la paisible petite ville.

Aucun bruit, d'ailleurs, ne se faisait entendre dans ce quartier retiré ; l'herbe poussait dru entre les pavés ronds, et pas un passant attardé, pas même un chien errant ne rompait cette tranquille solitude. On n'eût point été étonné, en y pénétrant, de voir s'ouvrir toutes ces portes closes, pour livrer passage à quelques nobles dames allant, une à une et à pas lents, psalmodier l'office du soir en un mystérieux oratoire.

La réalité était moins poétique. Ce quartier retiré était tout simplement, par tradition et par voie d'héritage, le domaine de la haute bourgeoisie et de l'aristocratie du pays. Habiter à l'Abbaye conférait presque un titre de noblesse, à Pont-les-Salines. Chaque maison était occupée par ses propriétaires ; de loin en loin seulement, quelque famille, réduite pour une cause quelconque à un nombre minimum, consentait à céder une partie de son logis à des locataires triés sur le volet. Jacques avait eu la chance d'être de ces privilégiés, et il appréciait fort, pour ses heures d'études, le calme délicieux de cette quasi retraite. Il occupait le premier étage.

Dès qu'il eut pénétré chez lui, une vieille femme au visage maussade apparut, et, sans un bonsoir, sans un mot de bienvenue, se mit en devoir de débarrasser l'enfant de ses vêtements de sortie ; puis, jugeant sa tâche accomplie, elle regagna sa cuisine.

Jacques ouvrit sa serviette, et ne put réprimer un soupir devant la quantité de *copies* qui lui restaient à corriger. Mais, avant de se mettre au travail, il installa Robert sur une chaise haute près de lui, et le vit avec plaisir s'absorber dans ses dessins.

Jacques put alors se plonger, lui aussi, dans son travail, jusqu'à ce que la voix grognon de la cuisinière vînt annoncer le dîner ; elle s'acquittait d'ailleurs de ce devoir d'une façon primitive :

— C'est prêt, Monsieur.

L'ameublement de la salle à manger, où ils passèrent tous deux, manquait totalement d'harmonie. Le joli bahut Henri II, authentique et bien conservé, était entouré de chaises dépareillées : une table de bois blanc, d'une simplicité primitive, supportait un samovar de cuivre rouge délicatement ciselé, enfin le beau cartel ancien, dont on entendait le tic-tac monotone, faisait assez singulière figure dans cette pièce dépourvue de tapis et de tentures.

La même insouciance de confort et d'harmonie se retrouvait dans l'arrangement du couvert. Il était mis sur une affreuse nappe de toile cirée, et la lourde argenterie contrastait étrangement avec la vaisselle commune qui couvrait la table.

Le repas, très simple, fut vite expédié. Le jeune père emmena ensuite Robert dans sa chambre et procéda, avec plus de bonne volonté que d'adresse, à sa toilette de nuit ; l'enfant riait en voyant son père s'embrouiller dans les agrafes et les cordons.

— Mais ce n'est pas comme cela!.....

Quand il fut enfin revêtu de sa longue chemise, il leva sur son père son regard candide :

— Et ma prière, papa, tu l'oublies toujours!

Et le père demeurant muet :

— Faut-il dire celle de tante Marie?

— Si tu veux.

Le petit s'agenouilla dévotement, et sa voix douce s'éleva dans le grand silence :

— Mon Dieu, je vous donne mon cœur, bénissez papa et maman, préservez-nous de tout mal et de tout péché. Ainsi soit-il.

Une contraction douloureuse passa sur le visage du jeune homme en écoutant cette courte oraison ; il considéra un moment son petit garçon et lui trouva tellement l'air d'un ange, dans sa grande robe blanche, qu'il fut saisi d'une terreur irraisonnée et d'un désir fou de le serrer contre lui, comme pour le retenir. Il l'enleva dans ses bras et baisa passionnément le visage un peu pâle et les grandes paupières baissées.

— Oh! chéri, chéri, reste avec moi! soupira-t-il tout bas.

Puis il coucha Robert qui s'endormit, presque aussitôt, du sommeil rapide et profond qui est l'apanage de cet heureux âge.

Jacques revint alors reprendre à son bureau le labeur interrompu. Pendant longtemps encore, il relut patiemment les élucubrations de ses élèves, et la soirée était avancée quand il vit la fin de sa tâche. Après s'être assuré que Robert dormait paisiblement, il se mit à sa correspondance pour se reposer.

Pont-les-Salines, 10 octobre 19...

A Madame de Neuville, Oran.

MA CHÈRE MARIE,

Tu souhaites, à coup sûr, recevoir quelques détails complémentaires sur notre nouvelle résidence et notre installation. Depuis mon arrivée, je me suis borné à de courts bulletins qui ont dû te paraître insuffisants, mais dont tu as, je pense, excusé la brièveté, car tu devines sans peine à quel point j'ai été occupé durant cette première semaine. Je vais tâcher, ce soir, de combler quelques lacunes. Notre mise en ménage a été laborieuse ; j'avais hâte cependant de soustraire Robert aux inconvénients de la vie d'hôtel, et j'ai pressé l'emménagement. Je t'ai envoyé le plan du logis, je ne te le décrirai donc point. Il est situé au Midi, les fenêtres principales ouvrent sur un joli jardin. Ce jardin n'est pas grand, mais il est entouré de prairies et de taillis (nous touchons au faubourg) qui en multiplient l'étendue, au moins pour le regard.

Nous voilà donc chez nous. Cela me fait à la fois peine et plaisir de me retrouver dans mes meubles après avoir dû me contenter d'un simple *garni*, durant ces dernières années. J'ai la vague idée que notre home est assez bizarrement agencé, qu'une femme de goût, toi, par exemple, ma chère sœur, y trouverait beaucoup à reprendre ; mais, tout en voyant à peu près ce qui manque sous le rapport du confort et de l'harmonie, j'avoue bien humblement être impuissant à y remédier. Que te dirai-je de la ville? C'est une préfecture de moindre importance, aussi calme, aussi morne que possible : de larges rues sans passants, des édifices sans caractère, des maisons peu élevées, surmontées de grands toits dont la pente accentuée fait augurer de lourdes chutes de neige.

C'est propre, tranquille, triste aussi. Les environs sont accidentés et nous promettent d'agréables découvertes ; la vie matérielle est facile, les indigènes sont quelconques, l'accent très provincial ; te voilà renseignée presque aussi bien que moi.

Plusieurs de mes collègues sont mariés (j'ai retrouvé avec plaisir deux camarades d'école) et je vais bientôt commencer mes visites. J'ai l'intention aussi de me présenter chez ma propriétaire, ma voisine immédiate : on m'en a parlé avec le plus grand éloge.

M. le censeur, ou plutôt sa femme, a eu l'obligeance de me procurer une domestique ; c'est une duègne austère qui a déjà mis la haute main sur le gouvernement. On m'assure qu'elle est honnête, qu'elle a quelque expérience des soins à donner aux enfants ; que faut-il de plus à un pauvre célibataire tel que moi?..... Je ne recevrai personne et m'occuperai tant de Robert qu'il ne s'apercevra guère de la mauvaise humeur chronique de sa gouvernante. D'ailleurs, les heures de classe lui laissent peu de loisirs, et je le promènerai chaque jour, lorsque le temps le permettra.

Pauvre petit, je n'ai pas besoin de te dire comme le cœur me saigne d'en faire sitôt un lycéen, lui qui aurait tant besoin encore de la douceur d'un foyer! Je regrette sans cesse ta sollicitude, l'amitié dont vous avez tous entouré ses premières années. C'est donc bien à regret que je te l'ai repris, tu le sais, n'est-ce pas ; mais, puisque la carrière de ton mari vous entraînait en Afrique, tu as compris que je ne pouvais me résoudre à mettre la mer entre lui et moi. Il est si petit, si frêle, que je ne veux pas qu'il s'éloigne ; je n'ai plus que lui, et, dans mes heures sombres, je sens si bien qu'il est ma seule raison de vivre. Puissé-je avoir le temps d'en faire un homme, c'est ma dernière ambition.

Je veux qu'il m'aime et j'y mets tous mes soins. J'essaye de redevenir jeune avec lui, de parler, de rire, moi que tu as surnommé le taciturne, de m'occuper minutieusement de sa santé, de son régime, moi qu'on a toujours accusé de n'être pas pratique. Que veux-tu? La vie se charge de nous donner des leçons que notre égoïsme repousse, et de nous les faire accepter.

Es-tu satisfaite, chère sœur? Commences-tu à croire que je ferai un papa acceptable et que mon petit garçon ne sera pas trop malheureux avec moi? Je t'écrirai souvent, aussi bien devrai-je souvent aussi avoir recours à ton expérience.

Mes cordiales amitiés à ton mari, à tes fils ; le mien dort en ce moment, sans quoi il m'eût donné mille commissions affectueuses ; je les résume toutes en un de ses gentils baisers.

Adieu, chère grande sœur, à toi bien tendrement.

JACQUES.

Puis, comme s'il eût voulu veiller de plus près sur son trésor conquis, le professeur vint s'asseoir auprès du lit de Robert et le considéra longuement pour surprendre peut-être le secret de sa destinée.

Peut-être cette vision d'avenir le plongea-t-elle plus vivement lui-même dans les tristes souvenirs du passé ; car, à voir la mélancolie empreinte sur ses traits, il était permis d'augurer que ce passé avait été gros d'amertumes. Il baisa enfin la petite main tiède et répéta de nouveau, comme si l'enfant avait pu l'entendre : « Ne t'en va pas! ».

II

Pluie torrentielle et le crépuscule morose d'une journée de novembre. Jacques Saurel parcourt les rues boueuses de Pont-les-Salines avec une philosophie dépourvue d'enthousiasme.

Voilà huit jours qu'il consacre ses heures libres aux visites d'arrivée. Il touche à la fin, car le monde officiel est restreint dans cette préfecture de quatrième classe, et il se remémore, avec un peu de fatigue et beaucoup d'ennui, les péripéties de ce qu'il nomme assez irrévérencieusement une corvée. Dans combien d'intérieurs il a pénétré, et combien peu attrayants! Il craint d'avoir paru maussade et la conversation a été partout banale. Comment, d'ailleurs, raconter à tous ces gens, qu'il reverra rarement, il se le promet bien, la déception que lui a apportée sa nomination dans ce pays éloigné du sien, les difficultés de son installation incomplète, ses déboires comme maître de maison?

Jacques se trouve, d'ailleurs, dans une disposition d'esprit assez sombre ; plus d'un mois s'est écoulé depuis son arrivée, et rien ne marche encore au gré de ses désirs. Ses élèves ont peu de zèle, et il s'efforce de leur en donner, ce qui, naturellement, l'absorbe beaucoup. Robert est, par cela même, souvent négligé, et son logis conserve, quoi qu'il fasse, un air indéfinissable de tristesse et d'abandon. C'est une habitation, ce n'est pas encore un foyer ; mais, hélas! aura-t-il jamais un foyer?

Annette, la cuisinière, est sans doute une brave créature ; toutefois, son caractère présente de nombreuses aspérités et sa vertu n'a rien d'aimable. Il ne faut pas plus compter sur elle pour mettre un peu de joie dans la vie de l'enfant qui lui est confié que pour répandre quelque agrément dans ce qui l'entoure.

Lorsque le petit garçon s'est échappé de ses mains nourri et vêtu, elle se considère comme libérée de tous ses devoirs envers lui ; de même, lorsqu'elle a consciencieusement balayé et frotté, elle se soucie peu de joindre quelque grâce à ses arrangements.

De plus, la vieille fille est autoritaire. Elle devine que les capacités de son maître ont des limites en ce qui touche au côté pratique et se fait un malin plaisir de substituer ses propres goûts aux siens le plus souvent possible. Elle semble croire qu'il a le devoir strict de se plier à ses habitudes, voire même à ses manies. Et Jacques se laisse opprimer avec l'incroyable patience dont les hommes font souvent preuve envers leurs domestiques.

Cette patience tient sans doute au sentiment humiliant de leur inexpérience, à la crainte inavouée de se mesurer avec des êtres d'une éducation inférieure, et, chose bizarre, elle s'allie souvent avec des dispositions beaucoup moins pacifiques, si elles ont pour objet une femme attentive ou des sœurs empressées!

Le professeur n'échappe point à la loi commune ; il maugrée tout bas contre les abus et ne sait comment s'y prendre pour imposer sa volonté. Depuis plusieurs années, il a vécu, par goût et par obligation, tellement au dehors, qu'il ne s'est point douté des inconvénients d'un ménage de garçon. Les feux marchent mal, les lampes fument, son bureau est chaque jour l'objet de nouvelles entreprises de la part d'Annette, qui a la manie des rangements. Enfin, chose plus grave, Robert souffre de la transplantation, il sent la transition entre l'intérieur si gai de la famille de sa tante et la solitude du sien. Son père le voudrait plus vif, plus batailleur, et s'alarme parfois de ses réflexions trop judicieuses. Il commence à se douter que les craintes de Mme de Neuville, en lui abandonnant son fils, selon ses désirs, n'ont pas été illusoires, et il est souvent tenté de maudire son égoïsme paternel.

Toutes ces réflexions se pressaient pour la centième fois peut-être dans l'esprit du jeune homme : ce soir-là, en particulier, il songeait à la petite figure pensive qui se penchait là-haut, solitaire, sous la lampe, en l'attendant, et il lui tardait d'arriver au bout de sa liste pour se retrouver chez lui. Il lui restait encore, cependant, à présenter ses devoirs à sa propriétaire, et il sonna au rez-de-chaussée, avec le vague espoir de n'être pas introduit.

Mme Pervent avait une fille, il le savait ; elle recevait sans doute, c'était encore le monde, l'entrain inhérent à la jeunesse, et il lui en coûtait de s'y mêler, car, bien qu'il fût encore jeune lui-même, Jacques était en train de devenir timide, voire même un peu misanthrope.

Annoncé par une vieille servante moins rébarbative qu'Annette, le jeune homme entra dans un salon, doucement éclairé par la double lueur du feu et de la lampe. Il se trouva en présence d'une femme presque âgée, et si sympathique, si agréable d'aspect, que ses préventions s'évanouirent à l'instant.

Jacques était un nerveux, un sensitif ; les objets extérieurs l'impressionnaient vivement, c'est pourquoi il se sentit pénétré par l'atmosphère vraiment familiale qui l'entourait. La pièce était vaste, une de ces grandes salles d'autrefois où l'on s'est réuni, où l'on a ri, chanté, causé surtout, où l'on s'est retrouvé entre amis dans les circonstances tristes ou gaies de la vie.

Il en était resté quelque chose de paisible, d'attirant..... les portraits d'ancêtres semblaient sourire amicalement, les fauteuils larges et profonds invitaient au repos. L'heureuse harmonie des rideaux de soie rouge et des boiseries d'un gris clair, les fleurs d'arrière-saison groupées dans les hautes potiches ; les branches vertes teintées de pourpre qui remplissaient les encoignures complétaient agréablement cet ensemble chaud et lumineux.

Le jeune homme éprouva comme une réminiscence de jadis: il se revit dans la vieille demeure paternelle, parée par les mains délicates de sa mère et de sa sœur. Et soudain, sans qu'il y prît garde, sa réserve un peu hautaine se fondit, et il se sentit à l'aise, presque en confiance avec cette femme bienveillante qui le regardait avec des yeux de douceur.

Ils avaient beaucoup pleuré, ces yeux pensifs ; les larmes les avaient pâlis, peut-être leur avaient-elles aussi donné cette compassion pénétrante qui attirait les cœurs.

Jacques n'y résista pas et se mit à causer avec un abandon qui l'étonna. Il parla de son pays, ce beau Dauphiné qui retient si passionnément ceux qui en ont compris le charme grandiose ; il décrivit sa maison natale ; il nomma la bonne tante Benoîte, demeurée gardienne du logis, ainsi qu'une fée bienfaisante.

— C'est là, dans ce cher manoir de Marcelline, que mon fils a passé les premières années de sa vie. Il était né délicat, et nous avions jugé que rien ne serait meilleur pour lui que d'être élevé à l'air sain et fortifiant de la montagne. Tante Benoîte s'est consacrée à lui jusqu'à ce qu'il ait enfin pris le dessus et se soit décidé à vivre. Plus tard, ma sœur s'en est chargée, elle l'a réuni à ses enfants et l'a aimé comme un des siens.

— Vous avez perdu très tôt Mme Saurel?

Une pâleur plus accentuée altéra le visage du professeur.

— Très tôt, répondit-il brièvement.

« Pauvre garçon, comme il a pleuré sa femme! » pensa son interlocutrice avec compassion.

Mais Jacques se remit à parler de son fils, s'attarda à sa grâce, à son intelligence précoce, à ces hauts faits de l'enfance qui semblent si merveilleux à tous les parents novices.

— Il me paraît bien jeune pour être soumis au régime de l'externat, continua Mme Pervent ; je le vois partir chaque matin de bonne heure et je m'effraye pour lui de nos grands froids prochains.

— Hélas! Madame, vous touchez à un point sensible. Robert aurait eu, en effet, tout à gagner à demeurer encore quelque temps dans ma famille ; mais mon beau-frère, venant d'être nommé lieutenant-colonel, a dû quitter Grenoble pour Oran. J'avoue n'avoir pas eu le courage de laisser mon fils aller si loin. J'aurais pu à la rigueur le confier à ma vieille tante, qui s'en serait chargée volontiers ; j'ai craint de lui imposer une trop lourde charge. Elle est âgée, il est délicat, le médecin est loin du village..... Après tout, ajouta-t-il tristement, peut-être me suis-je payé de mauvaises raisons pour le reprendre avec moi. J'avais besoin de me refaire, grâce à lui, un semblant d'intérieur, et il y a des jours maintenant où je suis tenté de le regretter.

— Ne le regrettez pas, répondit l'excellente femme, rien n'aurait pu remplacer pour lui votre tendresse et pour vous le bienfait de sa présence. Puisqu'il est privé de sa mère, il a doublement besoin de s'attacher à son père, et il eût été grand dommage de perdre ces joies si courtes et si charmantes qui accompagnent la première enfance.

— S'il tombait malade..... si pour une cause quelconque j'étais moi-même empêché de veiller sur lui, si..... Enfin ce sont là des suppositions gratuites auxquelles j'ai tort de m'arrêter. Pardonnez-moi d'avoir exprimé tout haut les idées noires qui me hantent si souvent ; il m'a fallu rencontrer votre bienveillance pour vous les raconter aussi librement.

— Eh bien! je voudrais vous prouver que cette bienveillance n'est pas banale, et que je serais heureuse de vous la témoigner d'une manière efficace. Usez de nous librement, envoyez-moi votre fils, notre jardin lui plaira les jours de beau temps ; il est bien exposé au soleil. Enfin nous avons une pièce inoccupée où l'on peut faire tout le tapage possible ; elle a abrité les ébats de bien d'autres!

Une ombre de mélancolie envahit le beau visage paisible de Mme Pervent. Elle revoyait le temps — pas bien éloigné, lui semblait-il — où de petits pas bruyants résonnaient dans la grande salle, où des voix enfantines chantaient des rondes joyeuses sous les arbres du jardin.

La mort était venue, mettant des cercueils à la place de toute cette vie, emportant les garçons robustes, ne laissant au logis qu'une fillette languissante dont il avait fallu à tout prix égayer l'enfance assombrie. Le père était parti à son tour, la mère et la fille étaient demeurées seules dans la maison de famille. La mère avait fait taire son cœur attristé ; mais son visage s'était fané, ses cheveux avaient blanchi avant l'âge. L'enfant, au contraire, avait poussé comme une fleur sur des ruines, elle était maintenant le soutien, presque la protectrice de cette femme usée prématurément par le chagrin.

Jacques respectait son silence ; il devinait que son esprit avait fui vers un passé douloureux, et il allait prendre congé, lorsque la porte s'ouvrit sous une main impatiente, et une jeune fille entra vivement.

— Je suis en retard, chère maman.....

Elle s'arrêta, un peu interdite à la vue du professeur.

Celui-ci l'avait entrevue de loin plusieurs fois ; il avait pu constater qu'elle était grande, mince et d'aspect distingué ; mais jamais il ne l'avait rencontrée d'assez près pour analyser ses traits. L'ensemble était harmonieux, c'est tout ce qu'il en savait.

Et, de fait, cette impression d'*harmonie* caractérisait bien Renée Pervent. Elle était belle ; mais elle plaisait surtout par sa grâce, l'animation de sa physionomie, le joli rayonnement de ses yeux bleus et le charme d'un sourire un peu malicieux.

Il était sans exemple qu'elle ne plût pas, elle-même avait instinctivement confiance dans la sympathie qu'elle éveillait partout, et il lui eût été loisible de s'appliquer l'affirmation naïve qui sied si bien à la jeunesse :

Ma bienvenue au jour me rit dans tous les yeux.

C'était une créature de lumière et de joie : on comprenait sans peine qu'elle eût rattaché sa mère à l'existence, et on lui était reconnaissant de son ardeur à vivre, en notre époque décadente où tant de jeunes êtres affectent un pessimisme qu'ils jugent élégant.

Jacques fut très vite sous le charme. Il devait apprendre plus tard que ces dehors n'étaient point trompeurs, et que Renée possédait réellement ce don délicieux de gaieté qui embellit tout, qui transforme tout et qui aide si puissamment à triompher des difficultés inévitables de la vie journalière.

Tout de suite, avec l'aisance que donne la simplicité, elle fit bon accueil au professeur que sa mère lui présentait, et s'enquit de sa classe, de ses élèves, des nouveaux programmes, en personne fort au courant de ce qui s'écrit et se lit.

Intéressé par la vivacité d'esprit qu'il devinait en sa jeune interlocutrice, il se laissa aller au plaisir de causer de ses travaux et de ses plans, si bien qu'après avoir fait entrer la mère dans les soucis de sa vie familiale, il s'aperçut qu'il leur donnait à toutes deux accès dans son intimité intellectuelle.

Confus de cette ouverture prématurée, le professeur se ressaisit tout à coup et se leva en parlant de Robert qui devait l'attendre impatiemment.

— Rappelez-vous que les enfants me sont toujours chers, lui répéta doucement Mme Pervent, et que j'ai hâte d'entrer en amitié avec le vôtre.

— Il est devenu bien timide ; nous vivons très seuls, et ma cuisinière, un peu rude et sévère, ne lui parle guère que pour le réprimander.

— Elle doit être terrible, remarqua Renée en riant, car vous semblez participer à l'émoi qu'elle cause sans doute à votre petit garçon.

— Je crois, en effet, que nous avons un peu peur tous les deux, répondit-il sur le même ton ; il est aisé de voir qu'elle n'a pour nous qu'une considération relative, et que nous lui semblons presque aussi jeunes et inexpérimentés l'un que l'autre. Elle possède les qualités essentielles, il est donc prudent de s'en contenter ; mais mon pauvre petit avait été si aimé, si entouré jusqu'ici, que ce nouveau régime lui paraît dur.

— Eh bien, il faut l'envoyer se faire gâter ici, répondit Renée, cela fera plaisir à maman et à Josette. C'est ma vieille bonne, continua-t-elle en manière d'explication ; elle est tout le contraire de votre gouvernante et serait fort disposée, si je m'y prêtais, à oublier mon âge avancé pour me dorloter à son aise.

Il y avait réellement de la cordialité dans ces offres amicales ; le jeune homme en fut tout ranimé et remonta chez lui moins mélancolique, moins découragé qu'il ne l'avait été depuis longtemps.

Par contre, son froid logis lui parut bien maussade au sortir du foyer attrayant dont il avait joui un instant, et il l'eût trouvé tout à fait triste sans son petit Robert, tout heureux de monter sur ses genoux et de lui raconter ses aventures de l'après-midi.

III

Il pleuvait souvent à Pont-les-Salines, le professeur prétendait même qu'il y pleuvait toujours. En réalité, cette froide région de l'Est est exposée plus qu'une autre aux grandes bourrasque du mois noir, et lorsque Robert, son petit nez collé contre la vitre, voyait tourbillonner les feuilles jaunies des vieux arbres de l'abbaye, en soupirant de ne pouvoir profiter d'un congé, Jacques envoyait une pensée de regret au doux automne dauphinois, à cet été de la Saint-Martin si délicieux là-bas!

Rien qu'en fermant les yeux, il revoyait la grande allée de Marcelline teintée de riches couleurs, les rayons de soleil éclairant d'une merveilleuse lumière la neige fraîchement tombée sur les sommets, la pureté du ciel pâli, les beaux horizons de son pays, et il maugréait contre la boue, la tempête et le brouillard qui les bloquaient au logis.

Robert s'enrhuma, il eut même un jour de fièvre, et son père, affolé, se souvenant des offres amicales de Mme Pervent, eut recours à elle pour maints petits offices auxquels il s'entendait fort peu.

L'excellente femme ne se contenta pas d'envoyer le docteur et de procurer ce qui manquait dans cette maison mal pourvue, elle monta elle-même auprès du jeune malade, l'apprivoisa très vite et suppléa, par son ingéniosité et son adresse, à l'insuffisance de son installation. Elle prêta un de ces poêles de faïence si répandus dans la région, entoura le lit d'un paravent et sut trouver de menues friandises, capables de tenter un appétit languissant.

Ce petit incident suffit à rompre la glace. Robert, une fois rétabli, demanda à revoir sa vieille amie, et il s'habitua très vite à avoir deux maisons au lieu d'une, à regarder comme sien ce rez-de-chaussée hospitalier qui lui semblait une manière de paradis terrestre.

Les enfants ont de ces intuitions : ils devinent les endroits où l'on s'aime, les milieux où règnent la bonne entente et l'harmonie ; ils jouissent, plus qu'on ne croit, d'un aimable accueil et du sourire qui salue leur arrivée. Fermez les yeux, ne retrouvez-vous pas dans votre mémoire le souvenir d'un de ces heureux logis où votre mère vous menait en visite avec elle, et où l'on était si bien..... Il y faisait plus chaud, plus clair, les rafales de l'hiver se brisaient contre les volets bien clos et rendaient plus délicieuse la douce sécurité de l'intérieur ; les objets semblaient avoir une âme, tant ils étaient familiers, le piano rendait des sons plus pénétrants, les glaces ne reflétaient que de jolies choses, les tartines de confitures avaient une saveur que vous n'avez pas oubliée......

Le home de Mme Pervent était de ceux-là ; il s'en dégageait un charme spécial d'hospitalité et de simplicité.

On y fit grande fête au petit garçon ; la mère, qui avait tant pleuré les siens, eut une impression douce et cruelle à la fois, en le voyant trottiner autour d'elle, en écoutant les éclats de sa voix joyeuse et le joli bruit de son rire léger.

La vieille Josette en fut rajeunie ; elle chercha au fond de sa mémoire des complaintes aux longs couplets et des histoires interminables, et retrouva en son honneur les recettes des gourmandises du vieux temps, que Renée, l'ingrate! n'appréciait plus à leur juste valeur.

La jeune fille ne semblait pas autant que les autres inféodée au petit voisin ; elle ne le gâtait pas et ne le caressait guère, et cependant, avec ses manières vives et gaies, elle exerçait sur lui une véritable fascination.

Elle ne le ménageait point pourtant, lui cherchant querelle sur sa lenteur et ses distractions et l'employant à mille petits services, ce qui le remplissait d'orgueil.

Elle l'appelait son page et le dressait à la vie pratique. C'était lui qui transmettait les messages du salon à la cuisine, dévidait les écheveaux et distribuait le courrier.

Renée lui composait aussi de superbes dessins qu'il coloriait avec un art primitif, et inventait pour lui une foule d'amusements toujours marqués au coin de son originalité.

Grâce à cet heureux concours, la vie de l'enfant se trouva transformée ; Jacques n'eut plus de souci à son endroit quand il se trouva retenu par un cours supplémentaire ou une séance à la bibliothèque. Dès son retour du lycée, Robert échappait à Annette et venait retrouver ses amies pour leur raconter sa journée.

Il goûtait auprès de Josette qui avait toujours quelque surprise en réserve, il jouait avec Renée, puis venait se blottir dans un petit fauteuil auprès de Mme Pervent, en disant d'un air satisfait :

— On est bien ici, c'est comme chez tante Marie.

Il était aimable et discret, on sentait qu'un esprit attentif avait dirigé sa première éducation et veillé à ce qu'il ne se rendît jamais importun.

Mais, quels que fussent ses plaisirs, il n'oubliait pas son père, car il s'était attaché à lui de toutes les forces de son petit cœur, et il n'était pleinement heureux que lorsque celui-ci le rejoignait un moment vers le soir, avant de l'emmener pour le dîner.

Sous prétexte d'échanger des journaux, Jacques avait pris l'habitude de venir fréquemment causer avec ses voisines. Il aimait la douceur sereine de Mme Pervent, elle lui rappelait sa mère ; il lui trouvait l'indulgence et la bonté de ceux qui, ayant eu à supporter de lourdes épreuves, n'ont pas souffert en vain. Près d'elle il se sentait en confiance et donnait libre cours aux pensées amères et découragées qui l'envahissaient trop souvent.

La pieuse femme avait deviné sans peine que le jeune homme différait d'opinion avec elle touchant les grandes questions qui sont le principal souci des âmes chrétiennes, et que, s'il avait eu la foi jadis, il y avait longtemps qu'il s'était éloigné de toute pratique religieuse. Elle trouvait étrange qu'un esprit si pénétrant, une nature si haute se montrassent rebelles à nos croyances, et regrettait chaque jour davantage qu'il fût privé des lumières et des consolations que donne la religion, car il ne semblait pas heureux.

Quant à Renée, elle était tout à fait charmée d'avoir trouvé un guide expérimenté pour les études qu'elle poursuivait avec ardeur. Comme beaucoup de jeunes filles ayant terminé officiellement leur éducation, elle avait souffert du vide intellectuel de sa vie et s'était efforcée de le remplir par le travail, au lieu de chercher, à l'exemple de tant d'autres, un dérivatif dans les distractions médiocres du monde et de la toilette. Les grandes questions modernes sollicitaient son âme généreuse : le sort des ouvriers, l'émancipation des femmes, etc. Elle ne s'en tenait pas d'ailleurs aux théories, et sa nature était trop active pour ne pas donner un corps à ses aspirations. Avec l'aide de ses amies, elle avait fondé pour le jeudi une petite école ménagère et avait entrepris de faire quelques cours pratiques aux jeunes apprenties d'un patronage voisin.

Tout cela l'intéressait vivement et l'obligeait à un travail assidu ; elle était souvent en courses pour ses protégés ; mais sa mère ne s'en plaignait pas, heureuse de lui voir mettre de l'intérêt et de l'animation dans une existence qui eût pu sembler un peu terne.

Jacques trouva donc un soir son fils en tête-à-tête avec sa vieille amie, ce qui n'était pas rare et semblait leur faire un égal plaisir à tous deux.

Robert était en contemplation devant un album de photographies ; il ne se contentait pas de les regarder, il fallait les lui expliquer, ce à quoi Mme Pervent se prêtait avec complaisance.

— Je vais vous montrer le portrait de mon mari, dit-elle au jeune professeur, vous verrez combien Renée lui ressemble.

On retrouvait, en effet, dans la physionomie du magistrat l'expression ouverte et spirituelle qui était un des charmes de sa fille.

— Mes enfants, continua Mme Pervent, désignant deux beaux garçons appuyés l'un sur l'autre. Ils étaient vigoureux, pleins de vie..... la diphtérie nous les a pris en huit jours.

— Je sais leurs noms, dit Robert ; ils s'appelaient Albert et Maurice.

Elle continua à tourner les pages :

— Renée maintenant à tous les âges : poupon, fillette, écolière..... les mères aiment à conserver ces souvenirs. Notre jeune parent, Georges d'Aubert, l'ingénieur de Centrale, devenu agriculteur en Tunisie ; l'ami d'enfance et maintenant le fiancé de ma fille.

Jacques assujettit son lorgnon, d'un vif mouvement de curiosité, pour considérer de plus près celui que Mme Pervent désignait comme son futur gendre.

C'était un robuste garçon brun et barbu, dont les traits irréguliers exprimaient l'intelligence et la bonté.

— Il doit être sympathique, dit enfin le professeur, après un assez long examen ; il l'est, sans nul doute, puisque Mlle Renée consent à le suivre si loin.

— Elle consent, tout en mettant peu d'empressement à tenir sa promesse.

— Mlle Renée ne semble pourtant pas de celles qui *ont peur de vivre*..... Elle sera une compagne exquise pour un jeune colon, tant à cause de son énergie et de sa gaieté charmante que du bel entrain qu'elle apporte à tout ce qu'elle entreprend.

— C'est vrai, elle a tout cela et d'autres qualités encore, telles que sa bonté et la tendresse dont elle m'entoure. Je crains que ce ne soit justement le souci de m'abandonner qui lui fasse ajourner sans cesse le pauvre Georges.

— Le mariage est-il décidé depuis longtemps?

— Depuis trois ans à peu près. Georges était ingénieur chez un maître de forges des environs et venait naturellement beaucoup chez nous. Il cessa peu à peu de considérer sa cousine comme une camarade de jeux et sollicita sa main. Mais ils étaient bien jeunes tous deux, leur fortune était minime, et Georges résolut d'aller chercher au loin une meilleure situation. Il tenta la chance en Tunisie, et le succès a répondu à ses efforts. C'est d'ailleurs un travailleur intrépide, un homme d'initiative et de jugement. Il acquit un domaine, planta des vignes, essaya des céréales, de l'élevage, et le voilà à la tête d'une grande exploitation.

— Il ne manque plus qu'une reine à son royaume.

— C'est vrai, le pauvre enfant est terriblement seul chez lui, bien qu'il ait d'excellents voisins. Il a besoin plus qu'un autre de se créer un intérieur, une famille, et pourtant Renée ne peut se décider à fixer une date définitive à leur union.

— Ne l'a-t-elle point revu depuis son départ?

— Il est revenu l'an passé; je dois dire que nous en avons peu joui, car il était absorbé par une foule de soins et d'achats. N'importe, ma fille le connaît de longue date et l'apprécie à sa juste valeur. C'est la loyauté même et le plus excellent cœur que je connaisse. Ce qui la retient, je le sens bien, c'est le chagrin de la séparation.

— Il sera encore plus grand pour vous que pour elle, reprit Jacques considérant avec une respectueuse admiration cette vaillante femme qui avait déjà vu s'en aller tous les siens, et qui se disposait à céder à un autre son dernier trésor. Mlle Renée trouvera des compensations dans l'affection de son mari, sans parler de toutes celles qui l'attendent plus tard.

— Je l'espère bien, et je désire vivement voir son avenir fixé par un heureux mariage.

— Vous resterez bien seule.

— Qu'importe! le devoir des parents n'est-il pas de s'effacer à propos? Vous l'expérimenterez un jour avec ce cher petit, et plus tôt que vous ne pensez..... La vie va si vite!

— Je ne trouve pas, répondit-il d'un air lassé.

Mais on entendit s'ouvrir la porte d'entrée, et Robert bondit sur sa chaise.

— Voilà Renée! cria-t-il joyeusement.

La jeune fille apparaissait en effet au même instant, toute rose et les yeux brillants sous sa petite toque de fourrure.

— Quel bienfait de Dieu qu'une maison bien close et une chère maman qui vous attend! dit-elle en venant présenter ses mains à la flamme. Il fait un temps terrible ce soir, la *bise noire*, comme on dit chez nous, et dans toutes mes courses j'étais soutenue par la pensée de ce que je trouverais au retour : un bon accueil et une tasse de thé. Que de pauvres créatures n'en peuvent dire autant!

— Tu viens sans doute de chez les Maggini?

— Eh! oui, le petit enfant est malade, et la pauvre Marie fait peine à voir ; j'ai dû passer chez le docteur et à la pharmacie. Revenons à des choses plus joyeuses : il faut que je montre à M. Saurel les talents de mon élève. Veux-tu sonner, Robert?

Robert sonna pour le thé ; puis, avec une adresse amusante, disposa une petite table, prit le plateau des mains de Josette, et passa les gâteaux à la ronde. Il était bien un peu offensé qu'on ne lui confiât pas la théière ; mais on lui démontra que le maniement de cet objet brûlant était encore au-dessus de ses moyens.

— Vous me voyez émerveillé, Mademoiselle ; mon fils est si peu débrouillard, d'ordinaire, que je n'ose jamais rien lui demander.

— Oh! je m'entends à le faire descendre de la lune, répondit Renée. Il a, en effet, beaucoup de dispositions à s'y perdre ; mais il est très docile, et nous finirons par en faire un homme pratique.

Jacques la suivait des yeux, tandis qu'elle servait le thé avec sa grâce active, pourvoyant sans bruit aux besoins de chacun ; elle avait apporté dans le paisible salon un élément nouveau de joie et d'intimité, et il se disait qu'elle serait vraiment l'âme et la lumière du foyer lointain qu'elle allait fonder. Peut-être la jeune fille devinait-elle le chemin que prenaient ses pensées :

— Je vous ai trouvés, tout à l'heure, en contemplation devant nos portraits de famille, et je gage que maman vous a raconté tous nos secrets? dit-elle.

— Est-ce là le secret? demanda Jacques, en désignant la belle figure énergique de Georges d'Aubert.

— Mon Dieu, oui ; nos proches sont instruits de mes fiançailles, et je préfère ne point les annoncer encore aux indifférents. J'évite ainsi les conseils, les exclamations d'effroi de tous ceux qui limitent la vie à ce qu'ils voient depuis leur naissance, et qui ne comprendraient pas que je fixe la mienne en Tunisie. Enfin, je garde une liberté d'allures qui m'est précieuse. Votre sourire malicieux semble indiquer que vous raillez mon indépendance.

— Oh! Mademoiselle, vous me calomniez. J'aime à rencontrer chez les jeunes filles de notre époque ce souci extrême de sauvegarder leur liberté. Il me paraît que, du même coup, elles protègent leur individualité. C'est un signe des temps : nous sommes loin de la passivité des natures féminines de jadis, coulées dans le même moule, calquées sur le même modèle.

— Oui, grâces au ciel! Aussi, je suppose que l'existence est mille fois plus intéressante pour nous que pour nos devancières. Ma pauvre maman que voici a été, jusqu'à son mariage, la proie d'une institutrice et d'une femme de chambre qui ne la quittaient guère. Je me suis libérée de ces entraves depuis ma vingtième année, et n'en ai point mésusé, n'est-il pas vrai?

— J'avais confiance en toi, chérie.

— C'est un sentiment qu'il faudrait communiquer à beaucoup d'autres mères ; la plupart des inconséquences des jeunes filles proviennent des lisières où on les tient, de l'enfance au mariage. On pense pour elles, on agit pour elles, et quand arrive le moment où elles acquièrent enfin leur liberté, ce n'est pas toujours pour leur plus grand bien, car on ne leur a pas appris à s'en servir.

— Ce serait, à votre sens, la raison de tant d'erreurs et de malentendus dans le mariage?

— Oh! je n'en sais pas si long, répondit-elle en riant, je n'ai pas fait d'enquête et je manque d'expérience personnelle ; je vous livre tout au plus le résultat de mes petites observations. Quoi qu'il en soit, nous avons réagi, et j'ai été, grâce à la largeur d'esprit de ma chère maman, la plus heureuse des jeunes filles.

— En attendant que vous soyez la plus heureuse des femmes.

Renée ne répondit pas, une expression de tristesse passa sur ses traits, et, prenant la main de sa mère, elle la baisa doucement.

A ce geste simple et confiant, Jacques eut l'intuition de l'intimité absolue de cette mère et de cette fille que la destinée allait séparer.

— On serait plus heureux de n'aimer personne, murmura-t-il, répondant à ses propres pensées.

— Oh! quelle hérésie! Ne croyez-vous pas, au contraire, que le seul bonheur vrai consiste dans les pures tendresses qui nous entourent?

— Comptez-vous pour rien les déceptions et les trahisons? répondit-il brusquement ; souffrez que je maintienne mon dire : la sagesse consiste à ne vivre qu'en soi et pour soi.

— Eh bien! je réprouve cette affreuse doctrine de toutes mes forces, s'écria Renée, les joues en feu ; je trouve que la vie ne vaut que par le don qu'on fait de soi-même.

— Et s'il n'est pas agréé?

— Dieu l'accepte toujours, répondit Mme Pervent.

Il eut un geste vague et, prétextant l'heure du repas, prit congé avec son petit garçon.

IV

Jacques Saurel regagnait un jour rapidement son logis, lorsqu'il crut apercevoir une silhouette connue dans la rue solitaire qui conduisait à l'abbaye. Il avait neigé durant la nuit ; c'était maintenant au milieu d'un océan boueux et noirâtre qu'il fallait manœuvrer, et la promenade manquait totalement de charme.

Cependant, un examen plus approfondi lui prouva qu'il ne se trompait pas : c'était bien Renée Pervent qui se hâtait aussi, mais dans le sens opposé. Elle venait à lui d'un pas pressé et n'était pas seule : un jeune homme l'accompagnait. Le professeur, qui avait appris peu à peu à connaître les relations de ses voisines, eut beau fouiller dans sa mémoire, il ne parvint pas à mettre un nom sur ce visage.

Il exagéra sa myopie à dessein, pour ne pas saluer le premier ; Renée n'y mit pas tant de façon : elle le gratifia au passage du signe de tête demi-amical, demi-réservé, dont elle usait d'ordinaire avec lui, et il eut le temps de jeter un coup d'œil sur son compagnon. Il le trouva vulgaire, encore qu'il fût beau ; une pâleur trop mate et des cheveux trop noirs.

— Tête de coiffeur! pensa-t-il avec dédain. Qu'est-ce que Mlle Renée peut avoir à faire avec lui? Je serais tenté vraiment de trouver qu'elle force la note, et que son insouciance du qu'en-dira-t-on dépasse la mesure. Après tout, ce n'est pas mon affaire, et je n'ai rien à voir dans les démarches de cette jeune indépendante.....

Pourtant, il y songea souvent dans la journée avec un secret agacement. Il espérait avoir la clé de ce petit mystère lorsqu'il alla, vers le soir, porter à Mme Pervent une des revues qu'il lui prêtait d'ordinaire. Toutefois, Renée ne fit pas mine de lui parler de sa rencontre, et la conversation s'anima sur le mérite d'une étude littéraire très discutée par le professeur. La distraction aidant, il avait à peu près oublié l'incident du matin, quand on annonça un vieux magistrat qui fréquentait beaucoup chez Mme Pervent. Celle-ci se plaignit de l'intervalle inusité qu'il avait mis depuis sa dernière visite.

— C'est vrai, dit-il, et je l'ai regretté plus que vous. Sans compter l'ancienne amitié qui nous unit et l'agrément personnel que je trouve auprès de vous, votre maison est une de celles, bien rares aujourd'hui, où l'on peut se rencontrer avec quelques personnes sans lever les bras au ciel sur les malheurs des temps, et sacrifier à l'odieuse politique. Il est encore permis d'y parler d'art, de musique, de littérature, de tout ce qui fait, en un mot, le charme de la vie, et d'oublier un instant les tristes réalités qui nous entourent. Donc, si vous ne m'avez pas vu ces temps-ci, c'est que je n'étais pas libre de venir. Je puis vous confier maintenant que j'étais absorbé par une affaire très compliquée dans laquelle je ne voyais pas bien clair. Enfin, c'est fini : nous tenons les fils d'un complot anarchiste s'étendant à toute la région et dépassant même la frontière. Plusieurs étrangers, résidant en ville, sont compromis dans cette aventure, j'ai dû ordonner des perquisitions..... chose toujours bien délicate. On les fera demain à la première heure, et j'ai tout lieu de croire que les oiseaux seront pris.

Tandis que M. Beaufort parlait, les yeux de Jacques tombèrent par hasard sur Renée ; à sa grande surprise, il la vit devenir très pâle. Elle fit bonne contenance cependant, et se mêla à la conversation d'une manière un peu fébrile. Tout en donnant la réplique à son vieil ami, elle suivait l'heure sur la pendule avec une attention évidente, et, lorsque le professeur se leva pour partir, elle sortit avec lui, en disant qu'elle allait prévenir Robert qui jouait auprès de Josette. Dès qu'il fut dans le vestibule, elle s'arrêta et, fixant sur lui des yeux suppliants :

— Oserais-je vous demander une démarche qui vous coûtera sans doute ?

Sans qu'il sût pourquoi, la pensée du jeune homme rencontré le matin se présenta à l'esprit de Jacques, et il se mit immédiatement en défense.

— Même si c'est quelque chose contre ma conscience ou contre la justice ?

Elle le regarda presque avec dédain :

— Il s'agit de savoir ce que vous appelez conscience et justice, répondit-elle ; on met des étiquettes trompeuses sur tant de choses! Mais ne nous égarons pas dans des subtilités, le temps presse. Vous avez entendu M. Beaufort, il a ordonné des perquisitions chez..... chez.....

Elle hésita.

— Chez des anarchistes, acheva crûment Jacques Saurel. Il ne faut pas avoir peur des mots, puisque, sans doute, vous approuvez la chose.

— Je n'approuve ni ne désapprouve. Ce sont des questions si complexes sur lesquelles il semble que tous les intéressés veuillent s'aveugler à plaisir..... Eh bien, oui, chez des anarchistes. Il faut en prévenir un à tout prix, il le faut! ajouta-t-elle ardemment.

Ce fut à son tour de la considérer presque avec mépris.

— Je ne saurais, même pour vous être agréable, me rendre complice d'un malfaiteur.

— Ce n'est pas cela, ce n'est pas cela, poursuivit-elle avec angoisse. Avant d'être juste, il faut être humain, il faut être bon, et si peu s'en soucient. Il m'avait pourtant semblé que vous étiez de ceux-là.

— Et vous aviez compté sur moi pour sauver..... un de vos amis?

Elle rougit sous son regard ironique.

— Vous cherchez à m'offenser et vous le regretterez en reconnaissant combien c'est gratuitement. Je m'intéresse à un jeune ménage italien que ma mère a nommé devant vous, il y a quelque temps. La jeune femme est une enfant du patronage, presque une amie, j'ai eu l'occasion de lui faire un peu de bien. Son enfant est très malade, elle le nourrit..... une commotion chez la mère peut tuer ce petit être..... Comprenez-vous enfin?

Il inclina la tête, un peu confus.

— C'est du mari qu'il s'agit?

— Oui, l'homme que vous avez vu avec moi ce matin ; il était venu me chercher de la part de sa femme, qui soupçonnait quelque chose et voulait être rassurée. Maggini est le type de ceux qu'on mène. Il s'est laissé monter la tête dans ces réunions publiques où l'on se grise de paroles, et, comme il est vain, égoïste et paresseux, il est trop heureux de jouer un rôle, même infime, dans le grand bouleversement social que tant de pauvres ignorants appellent de leurs vœux. Je sais qu'il a chez lui des listes, des papiers compromettants, sans importance peut-être pour la justice, mais qui l'éclairera sur ses accointances. Si on les trouve, il sera arrêté et il en résultera peut-être une catastrophe.

Le professeur se rebiffa encore.

— Je hais tous ces Italiens! dit-il.

— Est-ce une raison pour laisser mourir un innocent?

— Croyez-vous donc ces gens si sensibles? Ils ne rêvent que tueries et destructions ; pourquoi serions-nous plus tendres pour eux qu'ils ne le sont pour nous? Pourquoi épargnerions-nous leurs enfants quand, le cas échéant, ils n'épargneraient certes pas les nôtres?

La jeune fille rougit de colère.

— Tenez, vous me faites horreur avec tous vos raisonnements! Parce que ce malheureux a été égaré par de fausses doctrines, est-ce une raison pour que son petit enfant meure? Non seulement vous n'êtes pas tendre, mais vous êtes cruel, et je suis au regret de vous avoir parlé de cette démarche. J'irai moi-même!

— Vous iriez, à cette heure, dans un quartier mal famé?

— Qu'importe, si je puis empêcher un malheur! Josette m'accompagnera, d'ailleurs, et ces gens, dont vous faites des monstres, sont peut-être moins méchants qu'ils n'en ont l'air.

— Il y paraît, en effet, au moment même où ils méditent un attentat..... la société a bien le droit de se défendre.

— Ne discutons pas davantage, dit-elle avec impatience, votre orgueil pharisaïque vous aveugle totalement. Savez-vous ce que vous seriez vous-même si, dès l'enfance, on avait pris à tâche de vous exciter contre cette société, de vous la représenter comme une marâtre?

Il eut un sourire légèrement sceptique, et boutonnant son pardessus :

— Je suppose que Josette voudra bien se charger de remettre mon fils à Annette, dit-il en ouvrant la porte ; je suppose aussi, d'ailleurs, que vous ne m'obligerez pas à passer la nuit auprès de vos protégés?..... Quel message leur délivrerai-je de votre part?

— Non, je ne vous en confierai aucun, répondit-elle, encore irritée. Je ne veux pas que vous les humiliiez par votre dédain et que vous les exaspériez par vos reproches.

— Je me garderai soigneusement de l'un comme de l'autre, je crois trop que ce seraient des biens perdus. Que dirai-je?

Renée regarda le jeune homme et vit qu'il parlait sérieusement.

— Si cela vous coûte trop?..... commença-t-elle.

— Rien ne me coûtera pour vous empêcher de faire une démarche inconsidérée et qui peut donner lieu aux plus absurdes commentaires.

Elle releva la tête, déjà fâchée :

— L'approbation de ma mère me suffit, dit-elle fièrement, et s'il en est ainsi.....

— Eh bien, admettons que je ne redoute pour vous que le froid et la neige, répondit-il amusé de son courroux, et laissez-moi partir. Vous dites que le temps presse et vous ne cessez de me chercher querelle. Donnez-moi exactement mon itinéraire.

Elle baissa la voix :

— Connaissez-vous la rue Chaudronnerie?

— Je crois l'avoir traversée ; elle longe la rivière, si je ne me trompe?

— C'est cela même. Maggini habite au numéro 72. Vous

irez au fond de la cour et vous frapperez à une porte basse ; vous ne pouvez vous tromper, il n'y a que celle-là. Maggini vous ouvrira, peut-être sa femme, et vous direz seulement : *Mlle Renée m'envoie vous prévenir de tout brûler, c'est urgent.* Il comprendra, car je l'ai souvent entretenu d'un danger possible, et il est peureux.

— Devrai-je leur offrir aussi de les débarrasser de quelques bombes et de les mettre en réserve pour une meilleure occasion ?

Elle sourit enfin.

— Vous avez le droit de me taquiner et vous en abusez ; mais vous êtes bon et je vous remercie. Oserai-je vous prier encore de m'apporter des nouvelles du bébé ?...... Je suis sa marraine.

Il prit la main qu'elle lui tendait et la serra en camarade.

— Je ferai tout ce que vous voudrez, c'est vous qui êtes bonne. A tout à l'heure !

Et il descendit l'escalier à grandes enjambées.

Renée demeura rêveuse une minute sur le seuil de la porte :

— Il vaut mieux qu'il ne veut le paraître, pensa-t-elle ; mais pourquoi a-t-il des idées préconçues, pourquoi, par exemple, déteste-t-il les Italiens qui ne lui ont, sans doute, jamais rien fait ?

Elle alla ensuite trouver Josette et confier à la vieille bonne le soin du petit garçon.

Près d'une heure s'était écoulée, lorsque le professeur fut de nouveau introduit dans le salon où Mme Pervent et Renée attendaient avec une certaine anxiété.

La jeune fille se leva d'un bond :

— Eh bien ?

— C'est fait, répondit-il avec un sourire ; savez-vous que j'ai des remords de berner ainsi la justice de mon pays, et pour un transalpin encore ! J'ai causé avec votre protégé ; vous avez raison, il paraît plus bête que méchant, et vaniteux..... et vantard !..... toutes les qualités de sa race, enfin.

— Que vous a-t-elle donc fait pour provoquer une telle antipathie ? demanda innocemment Renée.

Il fronça le sourcil et son visage prit une expression dure ; mais il évita de répondre à cette question directe.

— J'ai vu la femme aussi et j'en ai mieux auguré. Comme

elle paraissait tremblante pour son grand nigaud de mari et comme elle a été alerte et ingénieuse à faire disparaître les pièces dangereuses! « Si tu pouvais me croire, au moins, disait-elle, et te persuader que tu n'auras que du malheur en fréquentant ces mauvaises gens. Vois-tu, le seul moyen de manger tous les jours est de travailler tous les jours. On te fait de belles promesses, et personne ne nous viendra en aide quand nous en aurons besoin. Ils t'ont dénoncé peut-être, et sans Mlle Renée..... » Comment une si brave petite femme peut-elle avoir tant de souci de ce pauvre individu?

— Il est son mari.

— Alors, vous croyez que le fait seul d'être époux engendre forcément le dévouement aveugle de l'amour?

— Je crois surtout que la grâce du sacrement agit dans les âmes sincères et qu'elle les aide à remplir leurs devoirs.

Une expression railleuse anima les traits du jeune homme.

— Voilà des illusions qu'il faut soigneusement entretenir au moment d'entrer en ménage ; elles doivent aider singulièrement à envisager l'avenir d'un œil favorable.

— Et l'enfant? demanda Mme Pervent, désireuse de changer d'entretien.

— Il semble bien malade ; il est touchant à voir, souffrant avec patience dans les bras de sa mère.

Jacques s'arrêta un moment, et reprit d'une voix changée :

— Le croiriez-vous?..... J'ai envié ce petit malheureux, tremblant de fièvre et privé de ce confort qui nous semble, à nous, indispensable. A le voir, blotti sur les genoux de cette pauvre femme, je me disais qu'il était encore moins à plaindre que mon fils..... il aura connu l'amour de sa mère..

Il s'interrompit brusquement. Mme Pervent et Renée eurent l'impression qu'il était violemment ému, et toutes deux s'apitoyèrent en silence sur le veuvage prématuré qui avait fauché si tôt son bonheur.

— Il faudrait achever votre bonne action, reprit la jeune fille dans l'espoir de le réconforter un peu ; il y a quelque chose de très doux dans le rôle de Providence que le bon Dieu veut bien nous attribuer quelquefois. Vous avez parfaitement jugé Maggini, quoique sans indulgence. Il est vaniteux, craintif, et, tant qu'il sera sous l'influence des meneurs qu'il redoute, il retombera dans ses errements. Ne pourrions-nous chercher ensemble à les caser ailleurs? Il est tailleur, sa femme est lingère, à eux deux ils sont en état de gagner leur vie. Ce sont les chômages répétés qui ont dérangé leurs affaires ; la politique à outrance s'arrange mal d'un travail réglé.

— Le plus simple serait peut-être de les rapatrier.

— Personne ne le désire plus que nous ; maman trouve souvent que ces pauvres gens sont bien absorbants et que Maggini s'habitue trop à compter sur nous. Il a des parents en Italie, on lui viendra en aide, et Marie élèvera plus facilement son enfant dans un climat moins rude.

Ils cherchèrent, à eux trois, le moyen de faciliter le départ du jeune ménage. Jacques promit son appui auprès du consul pour obtenir une petite subvention, et, quand il remonta chez lui, il fut étonné de se sentir moins que d'ordinaire brouillé avec l'existence, tant il est vrai que le meilleur remède à nos maux est de nous occuper quelquefois de ceux d'autrui.

Durant les jours suivants, il eut l'occasion de conférer souvent avec Renée et sa mère au sujet de leurs protégés. Il sortit, quoi qu'il lui en coûtât, de son apathie naturelle pour tout ce qui était démarches et renseignements ; il alla voir le consul, se mit en relations avec une agence, et fut assez heureux pour trouver à Maggini une situation à Padoue, la ville la plus rapprochée de Luvigliano, son pays natal.

L'enfant allait mieux, il semblait que des jours plus prospères et surtout plus tranquilles allaient luire enfin ; la pauvre Marie baisait en pleurant les mains de sa fidèle amie. Quant à l'Italien, il comblait ses bienfaiteurs de bénédictions, en son langage pompeux et fleuri, et confondait dans sa reconnaissance le signor Saurel et la jeune signora, si douce aux malheureux.

Ils partirent, et Jacques éprouva qu'on s'attache un peu, même à son insu, à ceux à qui l'on a fait du bien.

V

Rien ne lie tant qu'un secret que l'on porte ensemble ; le professeur l'éprouva sans tarder. Il avait eu, avec ses voisines, des préoccupations communes, ils avaient dû cacher tous trois la part qu'ils avaient prise au salut de Maggini, et cela mit entre eux une intimité qui se changea presque en amitié.

Chaque soir, maintenant, sa journée finie, il venait rejoindre son fils et passer un moment à ce foyer aimable et hospitalier. Il avait dépouillé sa réserve un peu froide et causait volontiers de sa famille, de la sœur qui l'avait élevée dans ce beau pays de montagnes dont il gardait la nostalgie. Il s'animait en racontant les ascensions périlleuses, la conquête enivrante des cimes, l'âpre jouissance du danger méprisé. Mais jamais il ne faisait allusion aux courtes années de son mariage, et Mme Pervent, qui vivait du souvenir de son mari, qui aimait à l'évoquer, s'étonnait que la douleur du jeune homme fût si farouche qu'il évitât avec tant de soin d'y toucher.

Toujours triste en arrivant, il se rassérénait en causant avec ces femmes intelligentes, auprès desquelles, ainsi que l'avait dit M. Beaufort, il était loisible de songer à d'autres sujets qu'à des banalités. Mme Pervent était cultivée, elle avait trop vécu dans le sillon de son mari, magistrat érudit et distingué, pour ne pas en avoir conservé le goût des choses de l'esprit.

Quant à Renée, elle était instruite et travaillait toujours, par inclination d'abord, par entraînement ensuite, parce que beaucoup de jeunes filles de notre époque commencent à comprendre que l'intérêt de la vie ne réside pas dans les chiffons et dans les bagatelles, et qu'il faut y mettre quelque chose de plus vrai et de plus grand.

Sa nature ardente n'était jamais satisfaite, ses amies lui reprochaient de remplir ses journées presque à l'excès. En tant que pédagogue, le professeur lui faisait la guerre sur cette activité qui ressemblait parfois à de l'agitation. Il l'eût souhaitée plus calme, plus reposée, et il se disait parfois que la jeune fille ne serait tout à fait complète que lorsque l'amour de son mari, le soin de ses enfants seraient venus mettre au point ses facultés et leur apporter la stabilité sereine qui leur manquait.

Sa mère se préoccupait aussi de cet état d'esprit légèrement fébrile, elle aurait voulu la voir plus attirée vers l'avenir, plus occupée surtout du fiancé qui l'attendait avec confiance. Dans les heures solitaires et silencieuses qu'elle remplissait par la prière et le travail pour les pauvres, Mme Pervent se souvenait. Elle interrogeait le passé, les années revivaient devant elle. On l'avait mariée jeune ; avec quelle joie, cependant, elle avait suivi l'homme un peu austère, mais bon et tendre, qui avait su la conquérir. La joie de vivre auprès de lui, une promenade, une lecture faite en commun, une jouissance d'art partagée avaient formé la trame de son bonheur intime. La douleur était venue ; ils l'avaient portée ensemble et avaient été fidèles l'un à l'autre dans la peine comme dans l'allégresse.

Alors, elle se demandait avec une inquiétude croissante si le cœur de Renée s'était repris, ou plutôt s'il s'était bien donné. N'aurait-elle pas dû être touchée des sentiments de Georges, empressée d'y répondre et de régner sur le foyer qu'il avait édifié pierre à pierre en songeant à elle? Et surtout, à ce moment radieux de jeunesse et d'amour où tout lui souriait, pourquoi semblait-elle chercher dans tant de choses étrangères une diversion à ses pensées?

Une tendre confiance régnait entre les deux femmes, et cependant Mme Pervent n'osait interroger sa fille, de crainte de la troubler et d'éveiller en elle une pénible angoisse. La correspondance entre les deux fiancés était régulière, plus spirituelle du côté de Renée, plus intime du côté de Georges. Il annonçait sa visite, il indiquait le printemps avec un espoir tenace, et Mme Pervent se prenait à hâter le moment qui fixerait enfin la destinée de sa fille et, la mettant en face de grands devoirs à remplir, donnerait un aliment naturel à son activité.

L'hiver était rude. Mme Pervent, assez délicate, en fut très éprouvée, et le docteur la condamna à la réclusion. On put voir alors que Renée avait plusieurs cordes à son arc et que, si elle se donnait ardemment, d'ordinaire, à tout ce qui sollicitait sa vive intelligence et sa charité, elle était avant tout fille tendre et dévouée. Son piano, ses lectures, ses œuvres extérieures, tout fut subordonné au désir de ne plus quitter sa mère, de la distraire et de la soigner ; elle était aussi empressée à lui faire une lecture et à combiner son repas qu'à seconder Josette dans le soin du ménage.

Jacques la trouvait délicieuse dans ce rôle de femme d'intérieur, qui lui seyait si bien. Elle agissait promptement et adroitement, toujours vive parce qu'elle était jeune, toujours gaie parce qu'elle voyait le mieux arriver, et que c'était une douceur de se donner tout entière, de n'épargner ni son temps ni sa peine. C'était comme si elle eût dit à sa mère :

— Tu vois, je suis encore là ; quelle tristesse si j'avais été loin et empêchée de venir à toi!

Toutes deux comprenaient ce muet langage ; jamais Mme Pervent n'avait autant apprécié la valeur du don qu'elle faisait à Georges d'Aubert, jamais Renée n'avait autant senti la sécurité d'être sa fille et rien que sa fille, en attendant que d'autres obligations vinssent la saisir.

Robert avait aussi sa part de ces gâteries ; sa vieille amie étant malade, c'est à la jeune fille qu'il venait, avec une égale confiance, apporter son livre de lecture ou réciter sa fable. Elle ne trompait pas son attente, et, quand ils avaient bien joué, bien causé ensemble, le petit garçon, qui l'aimait avec passion, disait en confidence à son père :

— Je suis grand, maintenant ; Renée me raconte tous ses secrets.

— Comme vous aimez les enfants! remarqua un jour le professeur.

— Je fais mon apprentissage de maman, répondit-elle avec un sourire ; j'espère que le bon Dieu m'en enverra beaucoup et que je pourrai mettre en pratique sur eux toutes mes théories.

— Ce n'est pas à ce point de vue spécial que les jeunes filles envisagent le mariage, d'ordinaire. La plupart aspirent seulement à une liberté plus grande, à des plaisirs mondains, à des toilettes luxueuses, que sais-je?

— Je crois, en effet, que vous n'en savez rien du tout ; vous jugez notre sexe d'après les héroïnes de roman ou de fâcheuses exceptions, et il vous reste encore à connaître les vraies jeunes filles.

— Ce que je crois surtout, c'est que votre mère et vous finirez par me réconcilier avec mes semblables : à vous voir si bonnes, j'oublie tous ceux qui ne vous ressemblent pas.

— Il faut apprendre à découvrir le bon côté de ceux mêmes qui ne nous sont pas sympathiques ; il faut accueillir la vie avec douceur, « prendre aux jours qui passent le bien qui ne passe pas », comme l'a dit un auteur que j'aime.

Le jeune homme haussa les épaules avec découragement.

— Je pensais cela autrefois, quand je n'étais pas encore brouillé avec l'espérance.

— Et maintenant?

— Maintenant, je ne puis plus connaître que la résignation.

Elle le regarda avec sympathie, sans rien ajouter, car il lui sembla que sa douleur n'était pas de celles qu'on peut consoler.

Les plaisirs étaient rares à Pont-les-Salines, aussi la partie mondaine de la population fut-elle mise en rumeur par l'arrivée de quelques artistes du grand théâtre de Genève qui, se rendant à Lyon pour un concert, consentaient à passer une soirée dans la petite ville pour s'y faire entendre.

Mme Pervent, n'étant pas encore assez bien pour sortir, insistait pour que Renée se joignît à des amis ; mais celle-ci refusait, sous prétexte que sa mère était trop imprudente pour être ainsi abandonnée à elle-même.

Jacques, venant faire une courte visite à la malade, fut mis par elle au courant du débat. Mais il était pâle et distrait, et répondit seulement que ces artistes étrangers étaient toujours surfaits et ne méritaient pas qu'on se dérangeât pour eux.

— Voilà qui est sans appel et vous enlèvera vos regrets, ma chère maman ; vous serez donc réduite à ma seule compagnie, car je prévois que nos amis seront moins dédaigneux que M. Saurel et nous feront faux bond jeudi soir.

Mme Pervent recevait, d'ordinaire, ce jour-là.

— Vous viendrez nous consoler de nos privations, dit-elle à Jacques, puisque vous avez renoncé au monde et à ses pompes.

— Grand merci, Madame, je serai loin de Pont-les-Salines. Une lettre du Dauphiné m'oblige à une absence de quelques jours.

— Auriez-vous de mauvaises nouvelles de chez vous?

— Pas précisément..... Tante Benoîte sera bien aise de me voir et de prendre mon avis sur quelques affaires. Je ne resterai pas longtemps, d'ailleurs : M. le proviseur est avare de congés.

— Ce sera dur de voyager, par ce terrible froid. Vous n'emmenez pas Robert, je pense?

— Pardon, je l'emmène, au contraire ; il ne supporterait pas d'être laissé à Annette ; vous savez combien elle est peu agréable.

— C'est imprudent de soumettre votre fils à une température pareille ; il est très jeune, un peu délicat ; que deviendrez-vous s'il tombe malade en route?

Jacques parut de plus en plus troublé et malheureux.

— Et pourtant je ne puis remettre ce voyage..... J'espère qu'il n'arrivera rien à l'enfant ; les wagons de première sont confortables, nous prendrons un express.....

— Mais il y a les arrêts, les changements de train..... réfléchissez bien à tout cela.

— J'ai réfléchi.....

— Et si vous me confiiez Robert pour ces quelques jours?

— Y songez-vous, Madame? Vous donner un tel souci!

— C'est, en effet, une grosse responsabilité ; mais vous avez confiance en nous, je suppose ; nous ferons de notre mieux pour le gâter et lui faire oublier son papa.

Il sourit.

— J'ai la présomption de croire que vous n'y réussiriez pas.

— Eh bien, si vous ne craignez pas que nous vous supplantions dans son cœur, laissez-le ici. Je parle sérieusement. Vous savez qu'on le soignera autant que possible.

— Je suis profondément touché de votre bonté : il sera mille fois mieux avec vous, ici, qu'avec moi sur les grandes routes ; mais je n'ose accepter, tant cela me semble indiscret.

— Point du tout. Josette se chargera des choses matérielles, et Renée veillera au reste, y compris les leçons et la promenade. C'est entendu, n'est-ce pas?

— Je vous remercie du fond du cœur, répondit le professeur en baisant la main qui se tendait vers lui ; vous m'épargnez une cruelle inquiétude.

— Et sans doute un bon rhume à Robert, répondit en riant l'excellente femme.

VI

Dans le grand salon doucement éclairé d'un furtif rayon de soleil, Renée Pervent travaillait. Elle avait offert au professeur de lui prendre des notes pour son cours dans la volumineuse littérature du moyen âge et se hâtait, en son absence, d'avancer son ouvrage. Sa mère se reposait dans sa chambre, Robert faisait avec sa bonne sa promenade journalière ; rien ne venait troubler le silence paisible de la maison ; la jeune fille jouissait de la sécurité ambiante, de cette heureuse harmonie des choses qui favorisent puissamment l'étude.

Depuis quelques jours, elle vivait avec les Aude, les Yseult, les Tristan, se pénétrant de la ravissante douceur des lais qui peignent si bien l'amour :

> **Belle amie, ainsi va de nous.**
> **Ni vous sans moi, ni moi sans vo**

Elle relisait, le cœur serré, la lamentation des trois cents demoiselles enfermées au *Château de Male aventure* par le roi des morts, et il lui semblait que cette triste mélopée était toujours vraie, qu'elle eût pu sortir aussi bien des ateliers modernes où l'on souffre que de la région mystérieuse « où nul n'échappe ».

Toujours tisserons drap de soie,
Jamais n'en serons mieux vêtues,
Toujours serons pauvres et nues
Et toujours aurons faim et soif.
Nous avons du pain à grand'peine,
Peu le matin et le soir moins.
Mais notre travail enrichit
Celui pour qui nous travaillons.
Des nuits veillons grande partie,
Veillons tout le jour pour gagner.

Son auteur, Chrestien de Troyes, vivait dans la seconde moitié du XIIe siècle et « versait, disait-on, le beau français à pleines mains ».

Tout en écrivant, Renée songeait. Son cousin Georges partagerait-il ses goûts, serait-il possible d'étudier avec lui? Car elle ne se résoudrait jamais à se laisser envahir tout entière par la seule prose de la vie!

Ces derniers mois avaient été utilement et agréablement remplis sous l'active direction de M. Saurel. Il était très méthodique, en même temps que très érudit, et avait su donner une vie nouvelle à ses études. Ceci l'amena à penser au professeur. Il paraissait plus abattu que de coutume au moment d'entreprendre ce voyage..... c'était triste de le voir si découragé. Ne se déciderait-il jamais à reconstruire son bonheur avec des éléments nouveaux, à donner une mère à ce tendre et délicat petit Robert qui demandait tant de soins? Elle chercha laquelle de ses amies pourrait remplir ce rôle, être la joie de ce triste foyer.

— S'il y consentait, nous pourrions la trouver, se dit-elle, les femmes aiment le dévouement.

A ce moment, Josette parut à la porte :

— Il y a là quelqu'un qui voudrait vous parler, Mademoiselle Renée.

La jeune fille releva la tête.

— Est-ce une des enfants du patronage?

— Non..... c'est une dame.

L'air mystérieux de Josette n'était pas ordinaire ; elle continua, hésitante :

— C'est même une drôle de dame.

— Lui as-tu dit que mère est souffrante et ne reçoit pas?

— C'est vous qu'elle veut voir.

— Eh bien, fais-la entrer.

— Si c'était une aventurière?

Renée se mit à rire.

— Es-tu peureuse, ma pauvre vieille, ne suis-je pas de taille à me défendre?

La domestique hocha la tête en faisant la moue, et se retira pour introduire, la minute d'après, cette visiteuse qui l'intriguait tant.

C'était une femme petite et fluette, mise avec un luxe criard qui justifiait quelque peu les soupçons qu'elle avait inspirés à Josette. Des diamants, vrais ou faux, brillaient à ses oreilles, et l'éclat de son teint était sans nul doute artificiel. Une petite capote de plumes bleues couvrait à peine ses cheveux blonds très frisés, et toute sa personne disparaissait presque dans un paletot de fourrure dont elle s'enveloppait frileusement.

Assez surprise, Renée salua et demeura debout, attendant une explication.

La nouvelle venue s'avançait souriante, sans le moindre embarras ; quand elle fut tout près, Renée put constater qu'elle était bien moins jeune qu'on ne pouvait le supposer au premier abord.

— Je suis obligée de me présenter moi-même..... Mme Baldi. Ce nom ne vous dit rien, Mademoiselle, vous n'étiez donc pas au concert hier soir?

— Non, Madame, ma mère est indisposée, je ne sors pas sans elle.

— Je fais partie de la troupe qui a paru charmer vos concitoyens..... un vrai triomphe!..... des fleurs..... des applaudissements..... une salle comble!

Et sans reprendre haleine, elle se lança dans un verbiage animé où la musique italienne, le goût français, la carrière artistique formaient un mélange assez confus.

Tout cela d'une voix rapide, chantante, avec un accent italien prononcé et un rire léger ponctuant chaque phrase.

Renée, de plus en plus intriguée, se demandait avec quelque angoisse si elle n'avait pas affaire à une folle.

— Je ne m'explique pas..... commença-t-elle.

— Ah! oui, vous vous demandez pourquoi je suis ici?..... C'est trop juste, je vais vous le dire.

Mais, comme pour gagner du temps, elle entreprit le récit d'une tournée sensationnelle en Amérique, où, à l'en croire, on l'avait couverte de fleurs et de dollars, et toujours ce rire factice terminant ses petites phrases incohérentes.

— Enfin j'arrive au but, conclut-elle après un assez long monologue. J'ai appris accidentellement, il y a quelques jours, que M. le professeur Saurel habite cette ville, cette maison, et j'ai désiré le voir au passage.

— On a dû vous dire chez lui qu'il est absent?

— On me l'a dit, en effet. Est-il à Pont-les-Salines depuis longtemps?

— Depuis la rentrée d'octobre.

— Il a un fils, n'est-ce pas?

— Un petit garçon de cinq ans.

— Oui, oui, je sais..... Vous le voyez souvent?

— Mais assez souvent, en effet ; l'enfant, étant un peu isolé, chez lui, descend volontiers près de nous.

— Et le père aussi sans doute?..... Vous vivez comme cela en famille..... c'est gentil.

Renée sentit l'intention blessante, et son visage se fit de glace.

— Je crois qu'il est inutile de prolonger cet entretien, dit-elle froidement ; d'ailleurs, je ne comprends pas le but de votre visite. S'il s'agit d'un message pour M. Saurel, le plus simple est d'en charger sa domestique.

Un éclair de défi passa dans les yeux noirs de l'étrangère.

— Vous pensez peut-être que je n'ai pas le droit de m'occuper de ses affaires..... et des vôtres..... C'est ce qui vous trompe.

Elle s'arrêta un moment, et reprit d'une voix coupante :

— Je suis sa femme.

La surprise fit faire un mouvement de recul à la jeune fille ; elle se contint cependant, et fut assez maîtresse d'elle-même pour répondre avec calme :

— Que m'importe?..... Ce ne sont pas mes affaires.

Une expression d'incrédulité se peignit sur les traits mobiles de son interlocutrice.

— Ne niez pas, ne me cachez rien, reprit-elle violemment ; du reste, je ne viens pas vous *le* disputer.

Toute la fierté blessée de Renée était dans sa réponse.

— Que me disputeriez-vous ?..... Il n'y a rien de commun entre M. Saurel et moi.

Elle parut à peine l'entendre.

— Je vais vous expliquer, continua-t-elle d'un air confidentiel, vous comprendrez, je suis sûre que vous comprendrez. Je vous ai dit que je désirais *le* voir, ce n'est pas vrai ; c'est à vous que je voulais parler, pour vous seule que j'ai fait ce voyage.

— Pour moi !

— Oui, laissez-moi vous raconter, c'est si extraordinaire. Mon engagement d'hiver est à Genève ; mais j'avais besoin de me reposer, et je suis allée pour un mois à Luvigliano, dans une petite auberge dont je connais la padrona depuis de longues années. Elle m'a bien soignée ; ma toux a disparu, et, comme il faisait beau temps, j'ai pu me promener chaque jour quelques heures au soleil. Je rencontrais souvent une jeune Française avec son enfant malade. Quand elle était lasse de le porter, elle s'asseyait au bord de la route, et je causais avec elle. Cela lui faisait plaisir parce qu'elle ne comprend pas encore l'italien et qu'elle languit après son pays. Peu à peu, elle me raconta son histoire, et j'appris que son mari se nommait Maggini.

Renée eut un geste involontaire qui n'échappa point à Mme Baldi.

— Ah ! je vois qu'elle ne m'a pas trompée et que vous la connaissez bien.

— Je la connais, en effet ; mais je ne vois pas quel rapport.....

— Vous allez le savoir. Je lui parlais aussi de mes petites affaires ; j'étais en congé et mes camarades allaient venir sans moi donner quelques concerts en France ; ils devaient aller à Lyon, en s'arrêtant dans deux ou trois petites villes comme Bourg et Pont-les-Salines. En entendant ce dernier nom, elle a pleuré, en disant que c'était son pays et qu'elle y avait été bien heureuse et bien malheureuse..... que son mari serait allé en prison, que son enfant serait mort peut-être s'il n'y avait pas eu là-bas un bon monsieur et une bonne demoiselle pour s'en occuper et les sauver. Un professeur qui n'avait pour famille qu'un petit garçon de cinq ans et qui était toujours triste, le pauvre! Mais la demoiselle, qui est jolie comme les amours et douce comme la Madone, devait l'épouser bientôt, elle l'avait bien deviné ; et ils seraient bénis et récompensés comme ils le méritent tous les deux. Un jour, elle m'a dit leurs noms..... cela m'a fait ouvrir l'oreille et j'ai tiré d'elle tout ce que je pouvais..... Alors, j'ai été vite guérie, je vous en réponds! Je suis rentrée à Genève pour me joindre à mes camarades, car je voulais venir en France avec eux, voir celle qui va devenir la femme de M. Saurel, et..... lui promettre de ne rien dire, acheva-t-elle avec une expression de basse complicité qui fit horreur à la jeune fille.

— Ou plutôt vendre votre silence! répondit celle-ci d'un ton méprisant.

— Et quand cela serait?

Renée avait écouté cet étrange récit avec une stupeur mélangée de colère. Vingt fois elle avait voulu l'interrompre ; mais autant valait essayer d'endiguer un torrent, tant l'astucieuse femme parlait avec volubilité. On sentait qu'elle cherchait à en imposer à son interlocutrice, à pénétrer ses desseins pour les exploiter à son profit. La jeune fille réussit à dominer son énervement, et répliqua d'un ton ferme :

— Ceci est un roman inventé de toutes pièces ; la meilleure preuve que je n'épouserai pas M. Saurel, c'est que je suis fiancée à un autre. D'ailleurs, s'il est réellement marié, pourquoi lui imputer un projet si abominable?

Elle haussa légèrement les épaules :

— Notre mariage, contracté en Italie, peut être sans doute annulé en France.

— Non, certes, s'il a été consacré par l'Eglise.

Mme Baldi eut un sourire moqueur.

— On n'en pense pas si long, quand on aime!

Renée se leva pour mettre fin à cette conversation dont chaque mot lui semblait une offense.

— Au-dessus de l'amour, il y a la loi de Dieu! dit-elle avec dignité.

Encore ce sourire.

— J'entends, vous êtes une fanatique, une bigote..... Allons, je vois qu'on m'avait mal renseignée ; c'est dommage, je me préparais à vous recommander mon enfant, si tôt privé de sa mère!

Elle essuya ses yeux avec une émotion jouée et fit mine de gagner la porte ; puis se ravisant :

— Je veux, du moins, que mon voyage ne soit point tout à fait inutile, dit-elle d'un ton dégagé. Où est le petit? Je l'emmènerai avec moi pour quelques jours.

Renée sentit que, désarmée sur un point, Mme Baldi portait ses batteries sur un autre ; mais elle était décidée à ne pas se laisser jouer.

— En avez-vous le droit?

— Sans doute, le divorce n'ayant pas été prononcé (il n'est pas admis par la loi en Italie), je puis en jouir tout aussi bien que son père.

— Cependant, nous ne vous abandonnerons pas volontiers cet enfant qui nous a été confié.

— Vous ne trouverez point surprenant, alors, que je m'adresse à la justice ; mes papiers sont en règle, et ma demande est légitime.

Elle ouvrit une sacoche de cuir et en tira un écrit qu'elle tendit à la jeune fille. Celle-ci le parcourut ; il constatait que Lucia Baldi, cantatrice, née le ***, avait épousé en l'église de San Hyeronimo, à Milan, le 20 mai 18***, Paul-Jacques Saurel, professeur à Paris, né le ***.

Plusieurs signatures suivaient, et un examen attentif permit à Renée de reconnaître à n'en pas douter celle de Jacques Saurel lui-même. Toutefois, elle ne s'avoua pas convaincue.

— Je lis mal l'italien, ces locutions ne me sont pas familières ; qui me prouve que ce document n'est point apocryphe?

— Comme il vous plaira! Je n'ai plus rien à dire. Puisque vous ne me croyez pas, j'irai trouver notre consul, il constatera l'authenticité et la validité de cet acte de mariage.

La jeune fille n'objecta rien. Elle considérait pensivement cette femme qui, plus âgée que M. Saurel (l'acte en faisait foi), avait eu cependant ses plus belles années de jeunesse, et lui avait fait endurer sans doute les pires souffrances. Son visage altéré conservait des traces irrécusables de beauté : les traits étaient fins, la chevelure abondante, le sourire avait encore une grâce perfide, et les yeux, d'un noir ardent, devaient savoir exprimer la passion..... Le mot de sirène venait aux lèvres en la voyant, et si fanée, si usée fût-elle, on pouvait aisément imaginer qu'elle avait pu être séduisante.

Renée se taisait toujours, s'efforçant de garder son sang-froid et de ne point paraître effrayée, mesurant toutefois la portée des paroles qu'elle venait d'entendre.

Elle eut la vision rapide d'une descente de police, de l'effet désastreux produit dans la petite ville, du bouleversement inévitable qui en résulterait pour sa mère. Elle eut conscience surtout de leur immense responsabilité vis-à-vis de Jacques qui les avait constituées gardiennes de son fils, et elle parvint enfin à dominer son trouble et à se ressaisir.

— Vous ne ferez aucune démarche pouvant entraîner une intervention étrangère quelconque! dit-elle avec fermeté.

— Qui m'en empêchera?

— Ce sera moi, parce que je vois clair dans votre jeu et que j'ai percé à jour vos vues intéressées.

— Vous faites la vaillante ; mais, au fond, vous avez peur d'un éclat ; les dévotes comme vous tiennent à leur réputation.

A ce mot brutal, la jeune fille comprit qu'elle n'avait plus de ménagement à garder et qu'elle pouvait tout dire, sans s'inquiéter de blesser l'habile comédienne.

— Vous avez raison, je crains le scandale ; ma mère a consenti par bonté à veiller sur cet enfant en l'absence de son père, je ne supporterai pas qu'on la tourmente à ce sujet.

Elle fit une pause, et, risquant le tout pour le tout :

— Combien exigez-vous pour renoncer momentanément à vos prétentions? Remarquez, d'ailleurs, que je ne vous demande qu'un sursis ; M. Saurel de retour, rien ne vous empêchera de venir régler avec lui vos difficultés de famille.

Mme Baldi ne parut pas sentir l'intention dédaigneuse ; elle cligna des yeux avec une joie maligne :

— Ah! vous y venez enfin, dit-elle cyniquement, vous avez mis du temps à comprendre..... Sans le vouloir et sans le savoir, Maggini et sa femme m'ont rendu un fameux service avec leurs racontages ; j'étais tout à fait à la côte ces temps-ci, la roulette ne m'ayant pas été propice. Tenez, je suis bonne princesse, mille francs me suffiront pour continuer ma route et vous débarrasser ainsi de ma présence. Seulement, je veux voir le petit avant de partir.

— Vous ne le verrez pas cependant. S'il vous connaît, votre vue peut lui causer un émoi inutile ; et, s'il ne vous connaît pas, il ne m'appartient pas de vous mettre en sa présence.

— Basta! je m'en passerai, alors ; je ne tiens guère aux mioches, d'ailleurs! Mais quelle fille vous faites! Ma parole, je regrette que vous ne vous décidiez pas à me remplacer, M. Saurel trouverait à qui parler, car vous saurez tenir tête à un mari.

Renée ne répondit pas, elle était écœurée de cette familiarité vulgaire ; aussi bien, elle avait hâte de se retrouver seule et une anxiété poignante l'étreignait de minute en minute..... Robert pouvait rentrer d'un moment à l'autre, quelles complications n'entraînerait pas sa venue!

Elle ouvrit un tiroir du petit bureau où elle travaillait, et prenant quelques billets de banque :

— Vous vous contenterez de ceci, dit-elle froidement, c'est mon revenu particulier, et je ne puis disposer d'autre chose.

Mme Baldi sembla faire un rapide calcul avant de prendre l'argent qu'on lui tendait.

— C'est bon, j'accepte en attendant mieux ; vous pouvez avertir M. Saurel qu'il aura sous peu de mes nouvelles ; je pense qu'il se fera un plaisir de payer ma dette.

.....Vous ne la lui réclamerez pas, je le lis dans vos yeux ; il vous en coûterait trop de l'humilier par une question d'argent..... C'est bon, je m'en chargerai. Je suis forcée de suivre mes camarades à Lyon ; mais, au retour.....

Elle se dirigea vers la sortie. Renée la suivit, frémissante, pour hâter son départ ; elle n'eut de répit qu'elle ne l'eût vue dehors et qu'elle eût soigneusement refermé la porte d'entrée.

Alors ses forces l'abandonnèrent, elle revint au salon, et, tombant dans un fauteuil, éclata en sanglots bas et profonds. Ses nerfs étaient tendus à l'excès, et tout son être moral souffrait aussi bien de la longue contrainte qu'elle s'était imposée que de l'impudent chantage dont elle avait été la victime. Fallait-il que cette créature fût tombée bas pour recourir à de pareils moyens, en vue de se procurer de l'argent? Il y avait autre chose encore, sans doute, une pensée de vengeance, et le désir pervers de révéler à tous cette page du passé que Jacques Saurel cachait si soigneusement.

Renée pleurait aussi ses illusions ; il lui semblait assister à la déchéance de celui qu'elle avait mis jusque-là si haut dans son estime. Cette histoire louche, ce mariage tenu secret, cet ensemble de ruses d'un côté, de mystères de l'autre, la meurtrissaient comme une blessure.

Elle en voulut au professeur d'avoir usurpé sa confiance, et, tout en se disant que c'était fini, qu'elle ne la lui rendrait pas, elle sentait au fond d'elle-même ce déchirement intime et profond qui suit nos pires déceptions. C'est dur de perdre un ami, mais c'est plus dur encore de croire qu'il était indigne de notre amitié.

Renée jugeait le professeur avec la rigueur extrême d'une âme très jeune et très sincère, et il ne lui venait pas encore à la pensée qu'il avait pu être, dans l'orientation initiale de sa vie, peut-être encore plus malheureux que coupable.

VII

Jacques rentra le lendemain, et son premier soin fut naturellement de venir chercher son fils et remercier ses hôtes. Il semblait avoir recouvré un peu de sérénité, et parla avec plus d'abandon que de coutume de son voyage et du plaisir qu'avait eu sa vieille tante à le revoir.

— Il faut se hâter de donner du bonheur à ceux qui semblent si près de leur fin, ajouta-t-il avec quelque mélancolie ; c'est triste de penser que tous les témoins de notre heureuse enfance s'en vont peu à peu, et que nous avons été si inhabiles à leur rendre le bien qu'ils nous ont fait, à les consoler de toute la peine que nous leur avons causée. A mesure que les années passent, je vois plus clairement quel sujet de soucis j'ai été pour les miens.

— Dieu permet que l'amour descende plus qu'il ne monte, répondit Mme Pervent. Il met au cœur des parents une inlassable indulgence pour leurs enfants.

— Il faut le croire pour expliquer tant de patience et de bonté!

Le professeur se tut ; il regardait autour de lui, heureux de se retrouver dans cette maison où il avait déjà passé de si douces heures. Le soir venait : les bruits de la rue, déjà rares dans le jour, se taisaient tout à fait ; on entendait dans la salle voisine la petite voix claire de Robert interpellant Josette ; la flamme du foyer rougeoyait le fond de la cheminée, et produisait par instants ce petit sifflement qui annonce la neige ou une bonne nouvelle, disent les vieilles gens. La lampe, voilée de dentelle, jetait une lumière sereine sur le gros tricot de Mme Pervent et l'ouvrage de couture de Renée. La jeune fille travaillait hâtivement, la tête baissée, et l'on n'apercevait que le haut de son visage et la masse de ses cheveux châtain joliment teintés.

Jacques considéra ce tableau d'une intimité paisible ; il eut un soupir en se disant qu'il n'avait aucun droit d'être là, qu'il ne s'y trouvait qu'accidentellement, et que cette sensation de calme, d'apaisement, qu'il goûtait toujours dans le vieux logis, n'était qu'une halte passagère dans sa vie. Et soudain, sans qu'il sût pourquoi, il eut envie d'associer les autres à la tristesse amère qui le torturait, de se confier à ces deux femmes qu'il devinait être ses amies.

— Je veux vous dire quelque chose, commença-t-il.

Les paupières de Renée battirent nerveusement, elle plia son ouvrage dans une corbeille et se leva sans bruit.

Il tourna vers elle des yeux suppliants.

— Restez! implora-t-il, il faut que vous sachiez aussi.

Elle consulta sa mère du regard, calme en apparence, mais troublée jusqu'au fond de l'âme. Etait-ce l'aveu qu'elle avait désiré et redouté à la fois? Allait-il leur raconter par quelle aberration il s'était uni à cette femme dont le souvenir la poursuivait douloureusement? Oh! alors, elle ne pouvait demeurer, il serait au-dessus de ses forces de lui entendre dire certaines paroles.

— J'ai à sortir, dit-elle faiblement.

— C'est moi qui vous chasse?

— Non, ne croyez pas cela ; mère vous dira que je vais souvent à l'église, à cette heure.

Elle disparut, et il sembla que toute la vie, toute la lumière, toute la douceur de cette soirée s'en allaient avec elle. Jacques devint nerveux ; il joua jusqu'à la briser avec une liseuse d'ivoire qui se trouvait sur la table, et s'agita comme s'il n'osait aborder la confidence annoncée.

Mme Pervent en eut pitié.

— Sera-ce vraiment pour vous un soulagement de vous confier à moi? demanda-t-elle avec bonté.

— Oh! oui, il y a si longtemps que j'aurais dû le faire ; il me semble que j'usurpe toute la bienveillance que vous me témoignez..... L'autre jour encore, j'ai manqué de courage en ne vous avouant pas la cause de mon départ précipité, presque de ma fuite. Pardonnez-moi ; ce qui m'arrivait était si imprévu, si inquiétant, que je n'avais qu'une idée : quitter la ville avant..... la venue d'une autre personne.

— Et si..... si nous savions déjà ce dont il s'agit?

Il tressaillit violemment.

— C'est impossible!

— Cela est cependant, et je vous vois si ému que je voudrais remettre à plus tard des explications.

Le trouble du jeune homme augmentait, en effet, de minute en minute.

— Dois-je croire?..... Ce serait trop affreux!.....

— Après tout, la vérité porte un baume avec soi, dit tranquillement Mme Pervent, dans l'espoir de le calmer : un récit tout simple de ce qui s'est passé sera meilleur pour vous que les tergiversations. Pendant votre absence, et durant une heure de repos que je prenais dans ma chambre, Renée a dû recevoir une personne d'allures inquiétantes qui se dit votre femme.

— La malheureuse! elle a osé!

— Elle réclamait Robert ; il va sans dire qu'on le lui a refusé, bien que son acte de mariage parût régulier.

— Il l'est effectivement, répondit-il d'un air sombre. Oh! maudit soit le jour!.....

Elle l'arrêta d'un geste :

— Les malédictions n'ont jamais remédié à rien ; vous êtes bien malheureux, mon pauvre enfant, souvenez-vous cependant que l'irritation envenime les plaies.

Il était devenu mortellement pâle et ses yeux brillaient de colère.

— Comment a-t-elle pu découvrir ma retraite?..... parvenir surtout à Mlle Renée?..... Quelle honte! quelle humiliation!

Il serra les poings en ajoutant :

— Et je la connais!..... Je la connais assez pour savoir comment sa visite a dû se terminer..... Vous ne répondez pas.....

c'est que j'ai deviné juste. Mais vous aurez pitié de moi, n'est-ce pas, vous ne me cacherez pas le montant de l'aumône..... il est juste que je paye les dettes de ma femme.

Et il éclata d'un rire amer.

— Calmez-vous, je vous dirai tout, et vous aurez foi dans notre discrétion, votre secret sera bien gardé.

Jacques eut un mouvement de lassitude.

— Que m'importent les autres, si je suis déconsidéré à vos yeux! Vous m'avez fait l'honneur de m'admettre dans votre intimité, et il faut que vous découvriez par hasard le mystère qui pèse sur ma vie. Je n'ai pas même devant vous le mérite de la sincérité.

— Mais vous ne nous deviez aucune confidence! Croyez bien que, si nous avons parfois remarqué votre tristesse, c'était pour vous plaindre, sans en chercher la cause.

— Je sais que vous êtes la bonté et la délicatesse mêmes. Rien ne pourra cependant me consoler de mon mutisme. N'est-il pas trop tard, à présent? Si je vous dis tout, me croirez-vous encore? Votre confiance en moi a-t-elle sombré dans cette triste aventure?

Mme Pervent commençait à s'inquiéter de l'agitation du jeune homme, de la fièvre qui le travaillait ; elle se dit qu'une confession complète serait le meilleur remède à son énervement.

— Je vous croirai, j'aurai confiance en vous, répondit-elle avec douceur. Parlez, si cela doit vous faire du bien, et soyez sûr que je vous tiendrai toujours pour un honnête homme.

Il baisa la main qu'elle lui tendait.

— Vous savez les mots qu'il faut dire pour m'apaiser..... Oui, je vous raconterai tout, et vous comprendrez pourquoi je traîne après moi un cortège de hontes et de soucis.

Il me faut remonter à ma vingt-cinquième année ; c'est de là que date l'irréparable erreur de ma vie. Comme cela me paraît lointain, ce temps où je n'avais pas ce poids sur le cœur, où j'étais libre, insouciant, heureux comme les jeunes gens de mon âge et de ma situation!

J'ai perdu mes parents de bonne heure et j'ai été élevé surtout par ma tante et par ma sœur. Celle-ci s'est tellement consacrée à moi qu'elle n'a consenti à se marier qu'au moment de mon entrée à l'Ecole normale, alors que ma carrière semblait tracée et assurée d'avance. Elles m'aimaient tant, toutes deux, qu'elles s'étaient toujours appliquées à m'épargner les ennuis et les mécomptes, et que leur plus grand souci avait été de m'isoler des laides réalités de la vie. J'avais vécu, grâce à elles, dans une atmosphère un peu factice, qui n'était pas sans charme, mais non plus sans danger.

Je ne vous dis pas cela pour les blâmer ni pour m'excuser ; mais pour vous faire comprendre que j'étais peut-être plus désarmé qu'un autre contre la malice et la mauvaise foi.

A ma sortie de l'Ecole, je fus nommé maître répétiteur à Paris ; toutefois, avant d'entrer dans la filière administrative, je résolus de réaliser un rêve longtemps caressé, et je pris six mois de congé pour parcourir l'Italie.

Je considérais ce voyage comme le complément nécessaire de mes études, et je partis avec un bel entrain. Quels jours délicieux! J'étais jeune, je me croyais poète, j'étais fou d'enthousiasme devant les grands souvenirs que je retrouvais à chaque pas. Les émotions d'art que je ressentis à Rome et à Florence, les beautés de la nature, d'une mélancolie si pénétrante à cette époque de l'année, tout contribua à jeter mon âme dans des sentiments violents et passionnés. Quand vint le printemps, ma famille me rappela ; je quittai Rome à regret et partis pour Milan. C'était le chemin du retour, et j'allais au-devant de l'événement qui devait transformer mon existence..... Je suppose que c'était ma destinée et que j'étais mûr pour être dupé. Ne vous attendez pas à ce que je vous raconte quelque pur et frais roman où l'amour « plus fort que la mort » joua le principal rôle. Lorsque je me reporte à ce moment décisif, je ne puis me figurer par quel ensorcellement mon imagination fut subjuguée. Il fallait être naïf comme je l'étais pour tomber si rapidement dans le piège que l'on me tendit.

— Je pense que la solitude et l'exaltation de vos facultés expliquent bien des choses ; votre âge et votre nature enthousiaste vous mettaient, d'ailleurs, à la merci de la première rencontre.

— Vous avez raison, ce fut le hasard d'un concert qui me fit connaître Lucia Baldi. Elle chantait..... J'avais remarqué sa voix et son visage, je lui fis porter des fleurs. Il y eut, au cours de la soirée, une petite cabale contre elle ; à la sortie, il se produisit un peu de tumulte ; elle parut effrayée et je lui offris mon bras pour rentrer. Elle pleurait, en disant que l'on était bien dur pour elle, et que son gagne-pain était menacé. Je l'accompagnai chez elle..... C'était une imprudence, je l'avoue ; mais j'étais déjà sous le charme..... J'ai lieu de croire que Lucia était honnête ; toutefois, elle haïssait le travail, la pauvreté lui pesait, et depuis longtemps elle cherchait une occasion de s'en affranchir. Je lui parus de bonne prise. Elle vivait avec sa grand'mère, femme astucieuse s'il en fut. Celle-ci me témoigna une gratitude exagérée pour le léger service rendu à sa petite-fille ; toutes deux m'engagèrent à revenir, et je profitai volontiers de l'invitation. Malgré les lettres de ma sœur, je prolongeai mon séjour à Milan, et pris avec Lucia quelques leçons de chant. Ce fut l'occasion d'entrevues journalières..... Vous devinez le reste, l'éternelle histoire..... Je me crus aimé, on ne négligea rien pour me le faire croire.

Dieu pardonne à ces femmes leur duplicité et leurs mensonges ! A les en croire, leur famille était ancienne et honorée. Le père avait été compromis dans une affaire politique, on avait confisqué leurs biens. Lucia, pauvre victime du sort, faisait vivre son aïeule par son travail. Est-il besoin de vous dire que la réalité était tout autre ?.....

L'origine était obscure, à peine avouable ; le père avait fini en prison ; Lucia, depuis l'âge de douze ans, usait les planches des petits théâtres et des casinos. Elles étaient perdues de dettes, et les quelques personnes auxquelles on demanda des renseignements avaient tout intérêt à les donner satisfaisants.

Du reste, j'étais ensorcelé, je vous l'ai dit. Ces deux femmes m'attiraient par leur accueil empressé, leurs douces paroles, cette politesse italienne faite de grâce un peu servile, mais captivante. Quand j'eus conscience du danger, il était trop tard : on me persuada que Lucia était compromise par mes assiduités et qu'elle mourrait de mon abandon.

Alors je perdis tout à fait la tête, je m'efforçai de croire que j'étais follement amoureux, qu'il serait beau de rendre à ces pauvres femmes une situation digne d'elles, que Lucia était tendrement éprise et que nous traverserions la vie, elle en chantant, moi en l'adorant, dans un rêve de félicité.

Ma famille s'informa ; ma sœur, mon beau-frère, ma pauvre tante Benoîte se réunirent pour me supplier de ne pas engager sitôt ma promesse ; ils me demandèrent un délai, une séparation de quelques mois..... Je ne voulus rien entendre ; d'ailleurs, Lucia joua le désespoir, sa grand'mère cria à la trahison ! il fallut brusquer le dénouement pour les satisfaire.

C'était possible au point de vue matériel ; j'étais maître de ma fortune, et j'avais une situation. Je me hâtai donc de me marier. Les miens, mieux instruits et moins crédules, refusèrent de recevoir ma femme, et nous entrâmes dans la vie par un chemin qui me parut très vite semé d'épines. J'avais eu déjà la mortification de constater que Lucia m'avait abusé sur son âge : elle avouait vingt-cinq ans, tandis qu'elle touchait à la trentaine. Sa beauté provocante, sa coquetterie effrénée prêtaient à l'illusion. Je devais avoir bien d'autres déboires..... Faut-il continuer, Madame, n'est-ce point abuser de votre intérêt ?

— Non, certes, si ces réminiscences ne réveillent pas en vous trop d'amertume ?

— J'y suis fait, hélas ! il n'est jour où je ne revienne sur cet odieux passé. Lucia, m'ayant épousé par ambition, entendait profiter de sa nouvelle situation. Affolée de plaisirs, de distractions vaines, elle connut vite les ressources que Paris offre aux désœuvrés. Sa grand'mère était venue nous rejoindre ; loin de retenir ma femme, elle la poussait à me tromper et à me désobéir. Nous n'avions ni intérieur ni intimité. Mes amis se détournèrent de nous ; j'eus grand'peine à sauvegarder la dignité de notre vie, à découvrir, au fur et à mesure, les délits et les supercheries. Quelques semaines avaient suffi pour m'ouvrir les yeux, et je touchais parfois au désespoir, en songeant que mon mal était sans remède. La souffrance me rendit impie, j'accusai Dieu de mon malheur, et je m'enfonçai dans le scepticisme et la révolte. Ce fut alors que j'abandonnai toute pratique religieuse, l'hypocrisie de ces femmes m'en avait éloigné sans retour. A toutes mes misères s'ajouta le mal suprême : je me sentis devenir incroyant.

— C'est bien cela, interrompit pensivement Mme Pervent : nous préparons notre destinée par nos folies, et nous accusons Dieu de nos infortunes..... C'est comme si nous maudissions la liberté qu'il nous laisse.

Il gémit et se plaignit comme un enfant.

— Eh bien ! oui, j'ai maudit cette liberté qui m'a permis de m'enchaîner, si jeune, sous une loi tyrannique. A mon cœur indiscipliné, il eût fallu le joug d'une volonté plus forte qui m'éloignât de l'abîme malgré mes cris, malgré mes révoltes. Lucia Baldi a été le mauvais génie de ma vie, elle m'a enlevé la foi en un Dieu bon, la foi en mes semblables, et je pleure mon passé, bien moins à cause de mon repos sacrifié que pour l'âme irritée et méchante qu'il a laissée en moi.

— Il y a un point cependant où je vous défie de ressentir du scepticisme et de la méchanceté..... c'est à l'endroit de votre fils..... N'avez-vous pas confiance dans son amour, dans sa tendre candeur? Vous vous dites incroyant, et si, par malheur, vous trembliez un jour pour sa santé, vous n'auriez pas assez de cris pour appeler Dieu à votre aide et le supplier de vous garder votre enfant. Vous voyez bien que vous vous calomniez.

Jacques s'attendrit un instant.

— C'est vrai..... je crois que je saurais encore prier pour lui; il est ma joie, ma force, ma raison de vivre. Sa mère avait accueilli avec dépit la pensée de sa naissance, elle était de celles que la maternité effraye, et qui n'attendent de la vie que des plaisirs. La perspective de souffrances et de soucis qui s'ouvrait devant elle l'exaspérait. Elle me signifia nettement son intention de ne point garder notre enfant près de nous; dès sa venue, sa grand'mère l'emmènerait en Piémont, le confierait à une nourrice qui le garderait durant les années difficiles de la première enfance. C'en était trop, je me révoltai; l'idée seule d'abandonner ce petit être fragile à quelque rude Italienne, de le laisser emporter par cette aïeule avide et dépourvue de toute conscience me faisait horreur. J'imaginai qu'il mourrait, qu'on le remplacerait par un étranger, que je ne le sentirais plus mien au retour..... Que sais-je? des folies, peut-être, mais qui me torturaient le cœur.

Je le dis à Lucia, je tentai de l'attendrir par tant de faiblesse d'une part, tant d'éloignement de l'autre; elle ne fit que rire de mes craintes et s'entêta dans son dessein. Nous eûmes, à ce sujet, les plus violentes discussions. Enfin, désespérant de la convaincre, j'appelai ma famille à mon aide. Dieu merci, elle ne me manqua pas. Ma sœur me rejoignit à Paris, et nous convînmes que, avertie par un télégramme, elle accourrait avec une nourrice pour emmener l'enfant et le confier aux soins dévoués de tante Benoîte.

— C'est dire que vous aviez perdu tout espoir de convaincre la mère. Qui peut savoir, cependant, ce qu'on aurait pu attendre de l'amour maternel? Un petit enfant est bien puissant, et peu de femmes sont capables de résister à l'inconscient appel d'un nouveau-né!

— Lucia était de ces femmes, répondit le professeur d'un air sombre ; la vie factice et dissipée qu'elle avait menée depuis sa jeunesse avait réellement perverti ses facultés. Elle ne voyait qu'ennui et contrainte là où toute autre n'eût envisagé que des joies. Devant son intention absolue d'exiler notre enfant, je ne pouvais hésiter, et je ne la consultai pas. Il vint au monde en janvier, si faible, si chétif qu'on n'osait me promettre de le conserver. Et pourtant quel empire il avait déjà sur mon cœur! Pour la première fois depuis un an, je compris que ma vie pourrait encore avoir un but. Ma sœur arriva, et mon petit Robert s'en alla avec elle chercher dans notre pays l'air vivifiant des montagnes et la sollicitude inlassable qui devaient triompher de sa fragilité.

Et notre misérable existence recommença..... J'abrège les détails ; qu'il vous suffise de savoir que j'en vins à craindre pour l'honneur de mon nom, et que je fus amené à chasser de mon foyer la femme indigne qui méconnaissait tous ses devoirs. Je lui servis une pension plus que suffisante, et je repris ma liberté, ou plutôt je crus la reprendre, car, en réalité, je me retrouvai entravé dans mon avenir et mes projets par le boulet dont j'avais si inconsidérément rivé la chaîne.

Je passe sous silence les soucis dont elle ne cessa de m'abreuver après notre séparation : les incessantes demandes d'argent, les insultes, les humiliations.....

Maintenant, elle est associée à un groupe d'artistes, d'allures plus ou moins équivoques, et circule de ville en ville, à la recherche de nouvelles aventures. J'ai exigé qu'elle quittât mon nom, et sa menace d'emmener Robert était vaine, car elle ne peut ignorer que la moindre démarche de ce genre me trouverait inexorable. Je me demande quel sentiment pervers l'a poussée vers Mlle Renée, ou plutôt je le sais trop bien : ce ne peut être qu'une misérable question d'argent..... Mais comment a-t-elle deviné que je vous connais?

Mme Pervent raconta au jeune homme l'intervention malencontreuse de Maggini ; toutefois, elle ne jugea point à propos de lui répéter ses propos inconsidérés touchant le mariage du professeur.

— Dès que je vis ce concert affiché aux murs de la ville, dès que je découvris parmi les autres ce nom détesté, continua Jacques, je frémis à la pensée d'une rencontre possible, et je résolus de fuir lâchement.

— Redoutiez-vous à ce point cette éventualité?

— Oui, à cause des souvenirs insupportables qu'elle évoquerait en moi. A force de travailler, de surcharger mes heures, j'oublie quelquefois..... Ou bien je me laisse bercer par la douceur de votre bienveillance, je deviens moins mauvais dans la saine atmosphère qui vous entoure..... Puis le réveil est terrible! Je pense à ma vie brisée, à mon avenir privé d'espérance ; je me dis que je ne connaîtrai jamais la douceur d'un foyer, le tendre accueil d'une femme aimée, la communauté d'idées si précieuse à un homme d'études. Et je me dis aussi que si j'entrevoyais encore ce visage trompeur, si j'entendais cette voix perfide, si un hasard méchant me mettait en présence de cette femme qui m'a tout dérobé, ma fureur serait plus forte que ma volonté, et je me vengerais!

Il se tut. Mme Pervent le considéra avec compassion, trouvant, comme lui, que sa misère était grande.

— Je n'entreprendrai pas de vous consoler, dit-elle enfin ; humainement parlant, votre malheur est sans remède. Mais, là encore, je ferai intervenir votre petit enfant ; il faut vous souvenir qu'il attend de vous tous les biens : les soins journaliers, l'éducation qui assurera son avenir, et cette tendre sollicitude qui en fera un adolescent au cœur pur, plus tard un être armé pour le combat de la vie.

— Jusqu'au jour où un mot imprudent ou malveillant lui apprendra que sa mère était une créature indigne, où toute sa croyance au bien, toute son intégrité morale risqueront de sombrer dans cette révélation!

— Il faut agir de son mieux et confier l'avenir à Dieu, continua-t-elle doucement.

Le jeune homme haussa les épaules dans un geste d'infini découragement.

— Je lui demanderai, oh! je lui demanderai de tout cœur qu'il ouvre au fond de votre âme la source des véritables félicités ; qu'il vous montre que « ce monde est un passage, que sa lumière est une ombre » et qu'on trouve en lui seul la force de remplir sa tâche. Et puis.....

Elle s'arrêta un moment, tant ce qui lui restait à dire lui paraissait dur :

— .....Puis, au risque de vous sembler cruelle, je vous demanderai d'être un peu moins assidu chez nous.

Il eut un brusque mouvement.

— Vous voyez, vous me chassez! dit-il d'un ton chagrin.

— Le mot et la chose sont également loin de ma pensée, répliqua Mme Pervent avec vivacité ; mais je ne puis oublier que vous êtes jeune, sympathique, que vos goûts sont trop conformes à ceux de Renée. Je ne vous ai point caché que ma fille témoignait peu d'empressement pour son mariage ; il faut être prudent et ne pas créer de nouvelles entraves. Georges d'Aubert a sa parole, et, tant qu'il n'a pas démérité, Renée doit tenir son engagement.

Jacques pâlit encore.

— Vous m'avez donc deviné! s'écria-t-il avec une sorte de désespoir ; vous savez ce qui fait la plus lourde part de mon fardeau : la pensée que j'aurais pu être libre..... la rencontrer plus tôt..... qu'elle m'eût aimé peut-être!

— Non, ne formez pas de telles suppositions: elles ne peuvent qu'énerver votre volonté et diminuer votre courage.

— Vous ne savez pas l'horreur d'une vie sans espoir.....

— Ne bornez pas vos regards à ce qui finit, Dieu seul est assez grand pour remplir votre cœur. Ne connaissez-vous pas le mot profond du poète : « La terre est trop pauvre pour rassasier ton désir! »

Il baissa la tête, et la pieuse femme se redit tout bas cette parole d'espoir :

« Sur ceux qui habitaient le pays de l'ombre et de la mort, une lumière s'est levée. »

— Dieu le veuille! murmura-t-elle avec ferveur.

VIII

Pour obéir au vœu de Mme Pervent, le professeur s'efforça, dès lors, de résister plus souvent à l'attrait puissant qui le portait vers sa maison.

Chaque soir, au sortir de la classe, las d'avoir travaillé, il tournait un regard d'envie vers les fenêtres du grand salon hospitalier. Il revoyait les jolies aïeules aux yeux doux, les magistrats austères dont les portraits se détachaient sur les boiseries claires. Il suivait les allées et venues de Renée au travers de l'ameublement ancien, de cet ensemble de vieilles choses qu'elle rajeunissait de sa grâce ; il admirait ses gestes souples et vifs, il entendait sa voix musicale dont le timbre très particulier donnait un tel charme à ses moindres paroles.

Et il était triste, triste à mourir. Pourquoi l'avait-il rencontrée, quand l'honneur lui défendait de l'aimer, puisqu'elle était promise, puisque lui-même ne s'appartenait pas?

Oui, si indigne, si détestée que fût sa femme, il la trouverait toujours comme un obstacle entre lui et les meilleures joies de ce pauvre monde où il y en a si peu! Il avait dû la chasser du foyer, elle l'empêcherait d'en reconstruire un nouveau ; elle avait repoussé son enfant, il n'aurait pas le bonheur d'en avoir d'autres ; elle lui avait été infidèle, tant qu'elle vivrait il ne serait pas libre d'aimer à son gré.

Une rage folle montait dans sa tête, et de jour en jour grandissait en lui une pensée qui s'imposait toujours davantage. D'abord, il n'avait point osé l'accueillir : l'âme chrétienne qu'il avait encore à son insu protestait de toute la force des principes immuables imprimés dès l'enfance ; et puis la passion, devenant plus forte, faisait taire les vains scrupules..... Il obtiendrait le divorce. Comment? il n'en savait rien ; son mariage conclu en Italie rendrait peut-être la procédure difficile. Mais, fallût-il dépenser une fortune, il tenterait de se libérer de cet esclavage odieux. Et après?..... Après, eh bien! il était forcé de s'avouer que rien ne serait changé dans son sort tant que Renée resterait fiancée à Georges d'Aubert ; car il sentait bien que c'était elle seule qu'il souhaitait pour épouse, et que toute autre lui demeurerait indifférente.

Jacques maudissait alors une fois de plus le fol entêtement qui avait résisté à tous les conseils. Il avait conservé la lettre où sa sœur l'adjurait une dernière fois de ne point fixer son sort à la légère, et les termes en étaient d'ailleurs gravés dans sa mémoire, tant les événements les avaient justifiés.

Mon frère, presque mon enfant, je te connais, je sais que ton âme est haute et ton cœur exigeant : ne te lie pas pour la vie à une femme que tu ne saurais complètement estimer. Songe qu'elle sera, la compagne, non seulement de la joie qui passe, mais de l'épreuve qui demeure. Songe qu'à vous deux vous fonderez une famille, cette grande chose qui commence ici-bas pour se reformer au ciel.

Crois-tu que celle à qui tu penses sera capable d'une vertu et d'un dévouement sans défaillance? Sera-t-elle la femme qui dirige, qui soutient, qui console, la mère qui se sanctifie dans la maternité, l'épouse fidèle qui doit ramener à Dieu le mari infidèle? J'ai plus vécu que toi, je sais ce qu'est le mariage, cette communauté de sentiments et d'intérêts qui fait que tout vous semble ou meilleur ou insupportable ; crois-moi donc lorsque je te dis : Il ne faut te marier ni par cupidité, ni par orgueil, ni même par un entraînement passager, mais par un grand amour fondé sur le respect. Sans cet amour, sans ce respect, on va au-devant des déceptions, de l'abandon, du désespoir peut-être......

Un grand amour, un grand respect..... oui, c'est bien ce qu'il éprouvait pour Renée, et c'est pour cela qu'il devait la fuir.

Alors, pour tromper son regret, quand venait le soir qui était jadis l'heure de la réunion, il sortait de la ville et s'enfonçait dans la campagne, trouvant dans le mouvement violent un dérivatif salutaire à la fièvre de ses pensées.

Et c'était vrai, il se calmait presque toujours à ce contact intime avec la nature solitaire. Les ondulations paisibles des collines, les lignes molles et sinueuses de la plaine à peine soulevée convenaient mieux à la tournure actuelle de son esprit que les grands sommets majestueux et tourmentés de son pays natal.

Il aimait ce moment où la terre s'endort, où l'on n'entend plus rien que des appels confus ou des sonneries lointaines ; il aspirait profondément l'air froid, il sentait sur ses lèvres le goût âpre venu de la forêt, cette odeur de brume, de feuilles mortes et de fumée qui est le parfum pénétrant de l'hiver. Ses yeux, familiarisés avec l'ombre, voyaient les toits aigus, les hauts peupliers, les masses profondes des taillis se confondre peu à peu dans le brouillard qui se levait. Çà et là, un point brillant piquait la brume d'une tremblante lueur, à mesure que la lampe ou le feu s'allumait dans les chaumières.

Cette douceur, cette mélancolie des choses apaisaient peu à peu son âme, et, lorsque la nuit était proche, il regagnait la ville à grands pas et s'absorbait dans le travail jusqu'au moment du repas, qui lui ramenait son petit garçon.

Robert était plus privilégié que son père : il demeurait convenu que sa journée se terminait chez ses voisines, et il était toujours empressé à profiter de l'invitation. Il apportait son livre et demandait des histoires, car il aimait passionnément à s'instruire. Mme Pervent le faisait lire, Renée s'étant réservé de lui conter ces merveilleux traits de la Bible qui font jaillir, dans les imaginations enfantines, une source intarissable d'inconsciente poésie. Elle lui montrait les vieilles images d'une édition précieuse de l'Ancien Testament, et jouissait de son émerveillement devant Noé et les nombreux habitants de l'arche, la belle Rébecca venant puiser à la fontaine, Joseph si opprimé et si puissant, la touchante Esther, le saint roi David, les splendeurs du temple de Salomon.....

Lorsque Renée le voyait blotti contre elle, qu'elle considérait ces doux yeux limpides, ce teint pâle et clair, ces cheveux couleur de blé mûr, il lui venait une tendresse infinie pour ce pauvre petit que la dureté maternelle avait fait si tôt orphelin.

— Passe encore de laisser son mari, pensait-elle ; mais abandonner un enfant.....: son enfant!

Son cœur, fait pour la maternité, s'ouvrait d'avance à cet amour insondable qu'elle soupçonnait, cet amour que Dieu lui-même a daigné prendre comme terme de comparaison.

Et, en attendant qu'elle le répandît sur des êtres nés de sa chair et de son sang, elle le prodiguait autour d'elle : à sa mère, à ses amis, aux pauvres qu'elle secourait ; on eût dit qu'il lui était impossible de voir souffrir.

La tristesse plus grande du professeur ne lui avait point échappé ; sans même s'en rendre compte, elle sentait aussi la privation de ses visites moins longues et moins fréquentes. Sa mère l'avait initiée sommairement aux confidences douloureuses de Jacques, et elle avait grand'pitié de sa tristesse et de son isolement. Elle le rencontra un jour dans leur vestibule, comme ils rentraient tous les deux.

— Vous nous abandonnez, dit-elle amicalement. Savez-vous que vos gronderies me manquent, et que mes lectures me semblent moins intéressantes depuis que je ne les discute plus avec vous?

Il soupira un peu, et parla d'une façon vague de compositions à revoir, d'examens à préparer.....

La jeune fille hocha la tête :

— Je crains bien que tout cela ne soit de mauvaises raisons pour masquer un de vos accès de farouche sauvagerie!

— Et quand cela serait?..... Qui se soucie de moi, moi qui ne m'intéresse à personne?

— Bien obligée ; mais c'est très mauvais, cela.

— Pardonnez-moi ; je suis un brutal et je réponds mal à votre bienveillance.

— Et moi qui espérais vous avoir converti à des idées plus sensées..... Alors tout est à recommencer ; vous êtes en proie à la plus noire misanthropie, et vous ne savez où trouver le remède?

— Il n'y en a point.

Renée leva sur lui ses beaux yeux profonds, il put y lire l'ardeur généreuse qui les remplissait.

— Oh! si, il y en a..... Dieu, qui permet tant de maux sur la terre, ne nous a point laissés sans aide et sans consolation. Ne connaissez-vous pas l'Evangile?

Le professeur fit un signe affirmatif.

— Eh bien, apprenez à le comprendre. Il est écrit, au commencement du livre : « Tu aimeras Dieu par-dessus toutes choses et le prochain comme toi-même pour l'amour de lui. » Tout se résume donc en un mot : aimer..... Aimer activement, aimer pratiquement. Il semble que ce ne soit pas bien difficile!

— Vous croyez?

— Oui, je le crois, et nous y trouvons notre compte : quand nous essayons d'être à Dieu, de nous dévouer aux autres, nos propres chagrins diminuent d'importance.

— Que savez-vous de la souffrance..... des peines qui peuvent en un seul jour broyer le cœur d'un homme et lui enlever le goût de la vie?

Une fugitive rougeur anima les traits de la jeune fille ; elle secoua la tête sans répondre, comme s'il ne lui convenait pas d'entrer dans la voie des confidences.

— Je connais celles des autres, et cela suffit, dit-elle enfin.

Jacques la considéra une minute en silence : elle était appuyée contre la vieille rampe en fer forgé, le visage animé, les yeux pleins de douceur ; elle semblait la vivante incarnation de la pitié et de l'espoir. Toujours il devait la revoir ainsi : sa fine et pure silhouette se détachant sur la muraille sombre, son front levé, sa bouche pensive ; toujours il devait l'entendre dire : « Tu aimeras..... tout se résume en ce mot! »

— Est-ce votre foi qui vous rend si sereine? demanda-t-il enfin ; il faudrait, dans ce cas, la souhaiter à tous et l'envier pour soi-même.

Elle hésita encore avant de répondre.

— Il y a quelque chose de plus : la foi sans les œuvres ne suffit pas. Notre religion est, avant tout, une religion d'action; il y a donc le devoir de chacun envers tous les autres, devoir qui doit se traduire par des actes, devenir fécond par l'exemple.

Jacques eut un geste insouciant.

— A quoi bon?..... Nous vivons un jour, et notre sillon est si vite effacé!

— Ne dites pas cela, c'est une idée fausse qui énerverait toute énergie. Nul n'est comparse, ici-bas ; nos moindres actes ont une répercussion fatale, et rien n'est consolant comme de penser que le plus petit effort de notre bonne volonté a infailliblement un résultat. Sans doute, nous ne le constatons pas toujours ; mais notre Père céleste le voit, et cela suffit. Il nous permet ainsi de collaborer à son œuvre rédemptrice, qui ne s'arrête jamais..... A ce propos, j'allais oublier de vous présenter une requête : Vous avez peut-être entendu parler des lectures et des conférences que l'on fait le soir aux ouvriers? Le frère d'une de mes amies s'est dévoué à cette entreprise, il souhaite vivement vous compter au nombre de ses collaborateurs.

— Qui est-il?

— Un des meilleurs avocats de la ville : M. Besson.

— Je le connais pour le rencontrer quelquefois au cercle ; il est intelligent, en effet. Croit-il, vraiment, aboutir à un résultat pratique?

— Sans doute, car les premières tentatives ont été encourageantes. On a trouvé de suite un grand nombre d'auditeurs et une évidente sympathie. N'auriez-vous pas envie d'entrer aussi dans la lice? Vous savez beaucoup, vous avez l'habitude de la parole, c'est plus qu'il n'en faut pour réussir, et vous seriez un auxiliaire précieux à cette œuvre qui ne se réclame d'aucune coterie ni même d'aucune confession religieuse. On dit que, dans ces temps troublés, le plus pressant est d'aller au peuple, si trompé, si abusé. Ceux qui jugent sainement ont mission de s'enquérir de ses doutes, de ses anxiétés, et de l'éclairer, de lui venir en aide dans la mesure du possible;

M. Besson doit faire une démarche auprès de vous, pour obtenir votre suffrage.

— Je crains que ce ne soit superflu.

— Promettez-moi au moins de réfléchir sérieusement avant de refuser.

— Si vous le désirez!

— Non, je suis plus exigeante. Il ne faut pas faire le bien parce qu'un autre le désire, mais parce qu'on le doit. C'est ainsi qu'on entre dans le vrai sens de cette religion d'action dont je vous parlais tout à l'heure, et que les efforts deviennent efficaces..... Ne voulez-vous pas venir un instant chez ma mère? Elle vous convaincra mieux que moi. Et, d'ailleurs, le lieu où nous sommes est mal choisi pour philosopher.

— Je n'ai envie de voir personne en ce moment ; je vais regagner ma solitude et méditer sur ce que vous m'avez dit aujourd'hui.

Renée rougit en disant :

— Vous aimez à vous moquer!

— Ai-je l'air de railler?

— Non, peut-être..... cependant vos yeux ont une expression d'ironie triste qui ne me promet rien de bon quant à la conclusion finale de vos méditations.

— Comme vous êtes perspicace! Eh bien, que doit-on faire quand on est triste?

Décidée à ne pas se laisser démonter, la jeune fille répondit bravement :

— Il faut prier et appeler Dieu à son secours.

— Il est si loin!

— Quelle erreur! C'est si consolant, au contraire, de savoir que nous vivons en lui et que lui aussi vit en nous, quand nous sommes dans sa grâce.

— Voilà qui me semble bien mystique pour le pauvre mécréant que je suis. Mais vous, Mademoiselle, puisque vous avez le bonheur d'avoir des lumières sur tant de points qui me semblent à moi si obscurs, venez à mon aide et priez pour moi.

Renée inclina la tête d'un air sérieux qui valait une promesse, et entra chez elle.

Toutefois, cette conversation eut un résultat. Jacques avait l'esprit ouvert à toutes les grandes idées ; il causa avec M. Besson et consentit volontiers à la manière d'apostolat qu'on attendait de lui. Peu après, il se présentait chez Mme Pervent, un manuscrit sous le bras.

— J'ai pensé à vos ouvriers et je viens vous consulter. Croyez-vous qu'une ou deux causeries sur Pasteur les intéresseraient?

— Je n'en doute pas.

— Il est de la région, et cependant la plupart de ces braves gens ne le connaissent que pour avoir vaguement entendu associer son nom à quelque aventure de chien enragé. C'est pourtant un des plus grands caractères de notre époque, et son exemple est si fortifiant, il offre un si beau type de ténacité, de labeur et de loyauté! Tout en exposant ses merveilleuses découvertes, j'ai essayé d'esquisser aussi cette âme exquise et de justifier ce mot d'un des siens : l'œuvre de Pasteur est admirable, elle montre son génie ; mais il faut avoir vécu dans son intimité pour connaître toute la bonté de son cœur.

— Votre idée est excellente ; le peuple a bien besoin de se familiariser avec nos pures gloires nationales, car on présente trop souvent des fantoches à son facile enthousiasme. Voulez-vous nous communiquer votre œuvre? Nous sommes tout oreilles.

Le jeune homme s'exécuta ; ses auditrices furent charmées.

— Voilà une conférence modèle, déclara Mme Pervent lorsqu'il eut achevé. Rien n'y manque : éloquence, conviction, et cette pointe d'humour qui ne peut manquer de vous conquérir votre auditoire. Je vous prédis le succès.

— Et je vous suis reconnaissante de la bonne grâce avec laquelle vous vous êtes exécuté, ajouta Renée.

— C'est moi qui vous remercie de m'avoir obligé à un travail captivant. Tout ce qui m'arrive de bon me vient par vous, poursuivit-il en baisant la main de Mme Pervent.

La jeune fille fut troublée par le mot, le regard, le geste qui semblaient s'adresser à elle plus qu'à sa mère. Elle demeura à l'écart et répondit à peine à l'adieu du professeur.

La soirée s'écoula, comme de coutume, entre la lecture et le travail. Mme Pervent considérait sa fille de temps à autre à la dérobée, avec le souci de ceux qui craignent de deviner.

— Tu ne dis rien, petite chérie, serais-tu lasse de ta journée?

Elle sembla sortir d'un rêve.

— Lasse? Oh! non, je songeais, voilà tout..... Comme le temps passe vite! N'est-ce point demain déjà le jour de courrier pour la Tunisie?

— Oui, c'est demain.

— Il faudra peut-être écrire à Georges, qu'en pensez-vous, mère?

— Sans doute..... Tu as été paresseuse la semaine dernière, et le pauvre garçon aurait une nouvelle déception en ne voyant rien venir. Mais, ce soir, c'est l'heure de dormir.

Mme Pervent se tut, attendant peut-être une confidence qui ne vint pas. Renée se leva docilement et l'embrassa avec tendresse.

— Alors, bonsoir, maman, maman que j'aime plus que tout!

Mais elle n'ajouta rien, et sa mère eut un soupir en la voyant s'éloigner toute plongée dans sa rêverie.

Mars était venu, avec ses alternatives déconcertantes de pluie et de soleil. La température s'adoucissait cependant, et l'on pouvait, à certaines heures, risquer une promenade le long des routes détrempées par l'hiver. Le jardin de la maison de l'abbaye participait à ce renouveau : çà et là, quelques timides bourgeons rougissaient les tiges grêles, quelques pousses vertes et brunes perçaient la terre humide des plates-bandes, et Robert avait souvent la permission de faire courir son cerceau dans les allées.

Il demeurait l'enfant gâté de la maison, celui qu'on accueillait toujours et dont on encourageait la gaieté et les jeux. Cependant, à mesure que les jours s'écoulaient, de plus graves préoccupations agitaient les esprits. Les lettres de Georges d'Aubert devenaient pressantes : il se disposait à venir en France, et comptait bien ne point s'en aller seul au retour. « Ne serait-ce pas joli, écrivait-il, d'amener Renée dans son nouveau pays à ce moment unique et charmant qui sépare les pluies de l'hiver de la rigueur de l'été?..... » Suivait un tableau séduisant du printemps tunisien, de cette splendeur de végétation nouvelle éclatant de toutes parts avec une profusion inouïe.

On commençait donc à parler de son arrivée, et, sans se l'avouer, Jacques en devenait plus irritable, presque mauvais. Vainement avait-il espéré trouver une diversion salutaire dans les réunions sociales, qu'il fréquentait assez régulièrement; vainement s'imposait-il, pour faire taire son imagination et discipliner son cœur, une tâche au-dessus de ses forces..... rien n'y faisait, il sentait toujours son mal : l'aiguillon du regret et de la jalousie qui envenimait sa blessure.

Il luttait avec vaillance cependant ; ses rapports avec ses voisines se faisaient de plus en plus rares ; il retenait souvent son petit garçon pour s'en occuper davantage. Un jeudi, même, il le confia pour la journée à la femme d'un de ses collègues qui avait une fillette de l'âge de Robert, tandis qu'il se rendait chez le proviseur. On se plaignait de sa sauvagerie, de sa réserve, qu'on prenait pour du dédain, et il se décidait à sacrifier quelque peu à ses obligations hiérarchiques. Il se fût cependant libéré volontiers de ces entraves officielles, qu'il jugeait superflues, si Mme de Neuville n'eût combattu vigoureusement dans chacune de ses lettres son penchant à la misanthropie.

Bien qu'en maugréant donc, il se dirigea vers le lycée ; mais, à son entrée dans le grand salon administratif, il crut percevoir quelque chose d'anormal, comme un bourdonnement confus et agité, très différent de la solennité monotone des réceptions habituelles.

La femme du proviseur, personne autoritaire et loquace, siégeait au milieu de nombreux visiteurs qu'elle entretenait avec vivacité.

..... « On parle de licencier les pensionnaires », telle fut la phrase qu'entendit le jeune homme en s'approchant.

Il eut un ressaut d'étonnement, et son attitude le marquait assez pour que Mme Chabot prît la peine de rééditer pour lui ses explications.

— On ne peut dissimuler plus longtemps, déclara-t-elle avec importance, nous avons gardé le secret dans la mesure du possible ; mais le docteur lui-même.....

— De quoi s'agit-il? demanda Jacques, interrompant un peu brusquement la volubile maîtresse de céans.

— Comment! Vous ne savez pas? Vous ne vous êtes douté de rien?..... Il est permis de vivre dans les nuages..... cependant!

— Mais encore? s'écria-t-il, secrètement exaspéré.

Mme Chabot baissa la voix et prit un air de mystère, précaution bien inutile si l'on considère qu'elle discourait sur le même sujet depuis deux heures de l'après-midi, devant un public incessamment renouvelé.

— Eh bien, nous avons la fièvre scarlatine au lycée, le docteur est très inquiet, le mal fait des progrès redoutables.

Le professeur eut un serrement de cœur en songeant à son fils.

— Mais on parlait jusqu'ici d'angines légères, d'éruptions grippales.....

— Sans doute! Il fallait se garder d'affoler l'opinion. Pour moi, je me suis inquiétée dès le premier jour..... Le ciel, qui m'a refusé des enfants, m'a départi pour mon malheur une sensibilité maternelle touchant ceux des autres.

Elle s'arrêta, attendant le murmure approbatif qui ne lui fut point ménagé.

— Nous ne pouvons pas, M. Chabot ne peut pas conserver plus longtemps cette responsabilité. Il confère avec le docteur, et l'on va sans doute avancer de quinze jours les congés de Pâques.

— Dieu veuille que ce ne soit pas déjà trop tard, remarqua un pessimiste, et que la contagion n'ait pas fait ses ravages au travers des élèves!

— Hélas! cher Monsieur, les premiers symptômes étaient négatifs, puisque le docteur lui-même.....

— Un fameux âne, par parenthèse!

Cette exclamation fâcheuse se perdit dans le brouhaha des adieux, un groupe de visiteurs prenait congé. Jacques était du nombre.

— Comment, Monsieur Saurel, vous nous quittez déjà!

— J'aurai l'honneur de revenir, ce soir, pour m'entendre avec M. le proviseur, Madame ; j'ai hâte d'être fixé afin d'emmener mon fils.

Il s'en fut au plus vite rejoindre Mme Villet à la promenade, avec le sentiment qu'il ne verrait jamais assez tôt la petite mine souriante de Robert, qu'il ne constaterait jamais assez vite qu'il était encore indemne de l'épidémie.

Mais pouvait-on savoir, et la maladie traîtresse n'avait-elle pas déjà commencé son œuvre?

Il respira en trouvant l'enfant occupé à une grande partie de cache-cache avec la petite Marie Villet. Son trouble, cependant, n'échappa point à la mère de la fillette.

— Avez-vous reçu quelque mauvaise nouvelle? demanda-t-elle avec intérêt.

— Villet vous dira, balbutia-t-il sans se soucier de l'inquiéter d'avance..... Je craignais d'abuser de votre bonté, Madame, et je viens chercher Robert.

— C'est dommage! Voyez comme ils s'amusent tous les deux, et l'après-midi est exceptionnellement douce.

Il y avait, en effet, du printemps dans l'air ; les toilettes étaient moins sombres, on avait arboré çà et là quelques chapeaux de paille, et les nombreux bébés, qui se poursuivaient dans les allées, semblaient tout ragaillardis par ce joli soleil de mars. Oui, mais cette réunion enfantine elle-même ne constituait-elle pas un danger? Combien de ces petits portaient peut-être en eux le germe fatal?

Hâtant les adieux, Jacques saisit la main de son fils, et ils se dirigèrent tous deux vers les prés avoisinant la ville. Les primevères commençaient à éclaircir l'herbe sèche de leurs touffes jaune pâle, quelques violettes précoces se montraient timidement, le *blé de Pâques* mettait dans ce triste paysage d'hiver la teinte fraîche de sa tendre verdure ; au loin, on entendait le cri monotone du coucou.

Robert était joyeux et bavard ; toutefois, son père ne se montrait pas, comme à son ordinaire, un auditeur attentif. Absorbé dans ses pensées, il revoyait les mois qui venaient de s'écouler et qui avaient été une halte bienfaisante dans sa vie solitaire. Mais c'était fini, l'épreuve recommençait. Il fallait partir, mettre à l'abri son dernier trésor, et, quand il reviendrait, Renée appartiendrait à un autre. Jacques garderait au moins jalousement son souvenir béni et la sensation plus intense du vide décevant de son cœur.

L'heure s'écoulait, il fallait rentrer. Comme le père et l'enfant traversaient le faubourg, un petit cercueil passa devant eux, précédant un long cortège ; un homme le suivait en pleurant. Jacques devina, plutôt qu'il n'entendit, qu'on chuchotait autour de lui :

— Encore un..... c'est la scarlatine!

Allons! il était temps de partir ; que l'on devançât ou non les vacances de Pâques, il s'en irait dès le lendemain, emportant son enfant, son trésor, la seule joie qui lui restât.

La fin de la journée fut un tourbillon ; le jeune homme courut chez le docteur qui confirma ses craintes, passa chez le proviseur pour obtenir son congé, bouscula Annette afin d'obtenir que les malles fussent préparées au plus vite, télégraphia à tante Benoîte pour annoncer son arrivée.

Puis, libéré de tous ces soins, il prit son fils par la main et s'en alla sonner à cette porte qui lui semblait toujours un peu à lui aussi l'entrée d'un paradis.

— Nous allons partir, Josette! cria Robert.

Ainsi que tous les enfants, il témoignait une joie bruyante à la pensée d'un changement.

— Comment! vous nous quittez! s'exclama la vieille servante. Qu'est-ce que nous deviendrons sans notre petit monsieur!

— Oh! mais je reviendrai bientôt, Josette; vous savez bien que j'ai semé beaucoup de graines dans le jardin et que Renée m'a promis qu'elles sortiraient!

— Ce ne sera toujours pas elle qui les verra fleurir, grommela Josette, qui ne prenait pas son parti de l'établissement lointain de sa jeune maîtresse.

Elle introduisit le professeur, et celui-ci regarda longuement autour de lui. C'était le moment qu'il aimait entre tous : les lampes n'étaient point encore allumées, la vive lueur du foyer éclairait seule les portraits anciens, la dorure ternie des consoles, les délicates sculptures des boiseries. Il regarda Mme Pervent, assise comme de coutume dans une vaste bergère où sa mince personne paraissait plus menue encore : Renée, debout contre la cheminée, dans l'attitude élégante et rêveuse qui lui était familière. Il s'avança, ému, quoi qu'il fît pour se dominer.

— Je mets tout cela dans mes yeux pour ne pas l'oublier, dit-il en désignant d'un geste ce qui l'entourait.

Etait-ce une illusion?..... Il lui sembla que la jeune fille avait pâli.

— Ainsi vous partez? demanda Mme Pervent. Nous sommes affligées de vous perdre; cependant, vous avez bien raison de soustraire Robert à l'épidémie.

— Quoi, vous savez déjà?

Elle eut un sourire triste.

— La maladie atteint les pauvres avant de frapper chez les riches : voilà quelques jours que Renée me rapporte des nouvelles alarmantes du quartier Chaudronnerie; le mal n'était point déterminé, sans quoi nous vous eussions prévenu.

Jacques fit un geste de colère.

— Vous permettez à Mlle Renée de jouer sa vie en allant soigner des misérables! dit-il rudement.

— J'ai eu la fièvre scarlatine dans mon enfance, Monsieur, n'accusez pas maman.

— Et qu'importe?..... Ne pourriez-vous pas la reprendre!

Elle haussa les épaules avec insouciance. Jacques la regarda attentivement, il lui sembla qu'elle avait pleuré et que ses lèvres tremblaient. Où étaient sa belle vaillance, l'éclat de ses yeux, le fier sourire qui animait ses traits d'ordinaire?

Cette vue le bouleversa. Il eut envie d'aller à elle et de lui dire..... Mais quoi?..... que pouvait-il lui offrir, quelle demande lui adresser ; son avenir à lui n'était-il pas sans issue?

Il baissa la tête et refusa le fauteuil qu'on lui offrait.

— Non, je ne m'arrête pas. Robert a besoin d'aller dormir et j'ai encore tant à faire, là-haut. Je voulais seulement vous dire, vous assurer.....

Les mots s'éteignaient dans sa gorge, il eut une peur affreuse d'éclater en pleurs, d'être contraint de s'enfuir sans pouvoir continuer.

Mme Pervent vit son trouble et vint à son secours avec sa bonté habituelle :

— Oui, oui, je sais, dit-elle doucement, les séparations sont toujours un peu tristes ; mais celle-ci ne sera pas de longue durée. Ce petit séjour à la campagne va faire du bien à Robert, il gagnera à changer de climat. Notre printemps est trompeur ; ne vous laissez pas abuser par cette journée de soleil, nous aurons encore de la neige, des bourrasques, les giboulées de mars, enfin.

Elle parlait avec calme, dans l'intention évidente de lui laisser le temps de se remettre. Par un violent effort, il y réussit et put répondre d'une voix plus assurée :

— Je suis content, en effet, de pouvoir avancer les vacances de mon petit écolier. Notre pays est rude aussi, dans cette saison ; mais le ciel est déjà plus bleu et le soleil plus chaud. Ma tante va être si heureuse de le reprendre, de le gâter à son aise!

— Ne resterez-vous pas avec lui?

— Je médite de faire une fugue à Oran ; ma sœur me réclame et mes grands neveux se réjouissent de battre les environs avec moi durant le congé de Pâques. Reviendrai-je à Pont-les-Salines, d'ailleurs? Je l'ignore, car j'ai fait une démarche pour être attaché en qualité de chargé de cours à la Faculté de Grenoble.

— Eh bien, j'espère que nous nous retrouverons quand même une fois ou l'autre, dit Mme Pervent ; on voyage tellement, aujourd'hui, qu'on finit toujours par se rencontrer! Du reste, je vous reverrai certainement quand vous viendrez déménager.

Il sentit l'intention d'exclure Renée de ce projet de réunion. On ne lui avait pas dissimulé que Georges d'Aubert était attendu, et si, par délicatesse, on n'étalait point à ses yeux les apprêts du mariage, l'idée en demeurait flottante dans la maison.

Une angoisse plus profonde lui serra le cœur : c'était donc bien la fin de cette douce intimité, c'était la dernière fois qu'il considérait ce visage aimé. Tiendrait-il jusqu'au bout….. aurait-il la force de remercier, de s'en aller dignement?

Il fit appel à son orgueil, à son énergie….. il rassembla tous ses efforts pour balbutier :

— Quoi qu'il advienne, je me souviendrai toujours de votre bonté exquise, Madame ; j'apprendrai à mon fils à ne pas oublier votre nom.

Il se tourna vers Renée :

— Alors, c'est le grand adieu?…..

Les paupières de la jeune fille battirent faiblement, elle devint encore plus pâle.

Jacques s'inclina très bas, et, prenant la main qui pendait, il la baisa avec ferveur ; puis, sans ajouter un mot, sans tourner la tête, il sortit rapidement.

Dehors, on entendait la petite voix de Robert qui criait :

— Je veux dire au revoir à Renée…..

Il le laissa derrière lui et remonta l'escalier à grands pas, sentant que son courage était à bout.

IX

Un voile de deuil couvre la ville, la maladie frappe à coups redoublés à travers la population enfantine, et semble choisir ses victimes parmi les plus touchantes et les plus regrettées.

Toutes les écoles ont fermé leurs portes, et il y a un contraste frappant entre le cri joyeux des oiseaux, la verdure naissante qui commence à embellir les cours et les préaux, et le morne silence qui règne dans ces lieux si animés d'ordinaire.

Par contre, les cloches des paroisses tintent chaque jour pour de nouveaux décès, et chaque jour aussi, la ville est sillonnée de funèbres cortèges.

Renée se multiplie ; elle a entrepris de venir en aide à tous ses protégés, aucune fatigue ne l'arrête. On dirait qu'elle veut épuiser d'un coup toute son ardeur charitable et faire aux pauvres gens qu'elle va quitter la suprême aumône de son temps et de sa compassion.

Car les jours passent, malgré la tristesse, malgré le deuil ; le moment de l'arrivée de Georges d'Aubert approche rapidement. La maison, si tranquille d'ordinaire, est livrée aux apprêts de tous genres que nécessite un mariage. Il semble à la jeune fille qu'elle vit dans un rêve, que ce n'est pas elle que l'on songe à parer, pas elle que l'on comble de présents, pas elle surtout qui se dispose à monter à l'autel pour engager sa vie.

Elle voudrait suspendre le temps ; elle s'accroche à chaque journée avec la sensation pénible qu'elle sera trop courte, que le lendemain luira trop vite. La constance et l'empressement de son cousin la touchent dans une certaine mesure, et pourtant elle entrevoit avec un secret effroi l'événement qui se prépare. L'affection qui l'unit à Georges n'est-elle pas un lien de bonne camaraderie plutôt qu'un sentiment irrésistible? Est-ce assez pour entreprendre ce grand voyage qu'on ne fait qu'une fois, et qui doit paraître bien long si le compagnon de route n'est pas l'élu par excellence?

Une grande anxiété étreint son esprit ; elle est la sincérité même, et cependant il y a une région de son âme qu'elle n'explore qu'à regret, comme un point douloureux sur lequel il ne convient pas d'appuyer. Certain nom, certains souvenirs l'émeuvent plus qu'il n'est juste ; car, enfin, elle ne s'appartient pas, Georges a sa promesse, rien au monde ne pourra la délier de son serment.

Et qui lui dit, d'ailleurs, qu'elle ne s'abuse pas sur ses impressions?..... Elle n'a, après tout, qu'une piètre expérience des choses du cœur ; sa vie si paisible, si absorbée, ne l'a point préparée à des analyses compliquées. Sans doute, son imagination seule a été conquise par les affinités sans nombre qu'elle a trouvées chez le professeur ; elle a joui de ce commerce tout intellectuel avec l'homme distingué qui a fait surgir dans son esprit des lumières nouvelles et des horizons plus étendus. Elle a été émue de son malheur, de l'épreuve exceptionnelle qui a mutilé sa vie, et parfois elle a rêvé de devenir sa consolatrice, de le réconcilier avec sa destinée. Oui, c'est bien cela, un rêve inconscient qui deviendrait coupable si elle s'y arrêtait volontairement.

Elle n'a point le droit d'hésiter : Jacques, retenu par d'autres liens, n'est pas libre de l'aimer ; Georges a sa promesse et ne doit point être frustré dans ses espérances.

La jeune fille voit bien clairement sa route ; elle sera vaillante, elle s'efforcera d'arracher de son cœur un souvenir trop cher, de vivre dans le présent, d'envisager l'avenir avec calme..... Mais elle avait trop présumé de ses forces : la pensée de la séparation lui parut tout à coup intolérable, et, prise d'une infinie tendresse pour sa mère, elle alla se jeter dans ses bras avec une effusion et des sanglots qui bouleversèrent Mme Pervent.

— Ma fille, ma petite enfant, qu'est-il arrivé? interrogea-t-elle en caressant la tête brune appuyée sur son épaule.

— Oh! maman, m'en aller..... vous quitter ainsi.....

— C'est le sort commun, ma chérie.

— Je n'ai pas su jouir de vous, je me suis laissé distraire sans cesse de la tendresse que je vous devais.

Sa mère la serra plus étroitement.

— Mais, moi, j'ai joui de toi depuis la première heure de ta vie, dit-elle presque triomphalement. J'ai joui de ta santé, de ta gaieté, de ton ardeur à toutes choses, et j'ai béni Dieu mille fois d'avoir fait croître ma petite fleur au milieu des ruines qui m'entouraient.

— Je vous ai abandonnée si souvent!.....

— Mais toujours pour une cause que tu croyais meilleure. Va, ma chérie, le bonheur des mères est fait plus encore de ce qu'elles donnent que de ce qu'elles reçoivent, et, lorsqu'elles voient s'épanouir le cher visage de leurs enfants, elles ne s'informent pas si ce rayonnement a un autre qu'elles pour objet. Est-ce cela seulement qui te fait pleurer ainsi?

— Cela, maman, et aussi la crainte de ne point aimer Georges comme il m'aime. Suffit-il pour l'épouser d'éprouver pour lui une amitié quasi fraternelle, du dévouement plutôt qu'une grande inclination?

— Si tu l'épouses avec le désir sincère d'être une femme loyale et bonne, cela suffit, mon enfant. N'oublie pas qu'il t'attend depuis près de trois ans!

— C'est vrai, dit-elle avec un soupir, aussi ai-je la ferme intention de me consacrer à son bonheur.

Mme Pervent hésita une minute.

— Je le crois, ma fille ; mais il est permis aussi de songer au tien, et, avant de t'engager à jamais, il faut être sûre de n'avoir pas au cœur quelque regret réel. Tu le vois, je dis *réel*, et non imaginaire.....

Renée sentit qu'elle rougissait, et cacha sa tête dans ses mains avec un peu de confusion..... Encore ce mirage décevant, ce rêve trompeur d'un bonheur impossible..... Mais, cette fois, elle avait la volonté bien arrêtée de le combattre et de remplir loyalement la promesse qu'elle avait faite jadis librement.

— J'en suis sûre, dit-elle avec fermeté. Si vous croyez que je puis être une bonne épouse, même sans éprouver ces sentiments exaltés qu'on peint dans les romans, je suis prête à épouser Georges quand il le voudra. Vous ne m'abandonnerez pas, maman ; entre vous et lui, je serai heureuse.

Mais elle fondit en larmes, et Mme Pervent, plus émue qu'elle ne voulait le paraître, s'appliqua à la calmer par des caresses et de tendres paroles.

Une semaine s'écoula encore sans qu'on reçût de nouvelles de Tunisie. L'épidémie, qui avait paru épuiser sa violence en quelques jours, diminuait sensiblement, et il n'y avait pas lieu de retarder pour ce motif l'arrivée de Georges d'Aubert. Il devait passer trois mois en France, on l'attendait pour prendre les dernières décisions touchant la date du mariage, et son silence commençait à paraître surprenant.

— Il va peut-être nous faire une surprise? disait Renée qui demeurait nerveuse et agitée.

Un matin, le coup violent qui ébranla la sonnette résonna dans toute la maison. Josette, en ouvrant la porte, se trouva en face d'un facteur du télégraphe qui lui tendait une dépêche.

Elle la prit avec la méfiance des ignorants pour ce qu'elle nommait toujours une diablerie, et porta à sa maîtresse la petite enveloppe bleue.

Mme Pervent était seule dans sa chambre.

— C'est, sans doute, M. Georges qui nous annonce enfin son arrivée, dit-elle avec satisfaction, il a dû s'embarquer hier.

Elle parcourut des yeux le message, et pâlit visiblement.

— Seigneur Dieu! Madame, est-ce une mauvaise nouvelle? demanda Josette avec la familiarité des vieux serviteurs.

— Hélas! oui, ma pauvre fille, on me prévient que mon neveu est gravement malade. Allez chercher Mademoiselle, je vous prie.

Elle arriva, déjà émue des airs mystérieux de Josette.

— Qu'y a-t-il, chère maman?..... Le petit Robert aurait-il emporté d'ici la scarlatine?

Pourquoi son esprit s'en allait-il, dès l'abord, de ce côté?

— Non, mon enfant, c'est notre pauvre Georges!

— Georges.... Qu'est-ce donc?..... Est-ce lui qui télégraphie?..... ajouta-t-elle en apercevant la dépêche entre les mains de sa mère.

— Non, c'est signé Will May. Te souviens-tu que c'est le nom d'une famille irlandaise dont il parle souvent dans ses lettres?

— Oui, oui ; mais dites ce qu'il y a, maman! s'écria Renée, comprenant fort bien que sa mère cherchait à gagner du temps pour la préparer à un malheur. Est-il blessé?..... A-t-il eu un accident quelconque?

Sans répondre, Mme Pervent lui passa le télégramme ; il était ainsi conçu :

« Georges d'Aubert très malade depuis quelques jours, fièvre pernicieuse déclarée ; docteur, redoutant un second accès, prévient la famille du danger. »

Enervée déjà par l'attente, Renée éclata en sanglots.

— Oh! mère, ce pauvre Georges!..... Et moi qui le pressais si peu d'arriver..... Il faut partir, vite partir!

Et elle ajouta, d'une voix contractée par l'angoisse :

— O Seigneur! qu'il guérisse, et que je sois son épouse fidèle et dévouée!

Elle soulageait ainsi, à son insu, le remords involontaire qui agitait son âme délicate.

X

Une immense pièce, meublée d'une façon sommaire : quelques tables, un divan, des fauteuils de rotin, un petit piano ; on se fût cru dans un salon-bibliothèque, si le lit bas placé dans un coin et l'attirail pharmaceutique encombrant les étagères n'eussent plutôt donné l'idée d'une infirmerie.

Et, de fait, sur ce lit était couché un malade qui ne donnait signe de vie que par le gémissement bas et continu qui s'échappait de ses lèvres.

A son chevet se tenaient un homme d'une stature élevée et une jeune fille qui avait avec lui des liens évidents de parenté, à en juger par leurs nombreux traits de ressemblance. Toutefois, chez M. May (car c'était lui), la vivacité était remplacée par une expression de calme et de bonté, qui semblait bien en harmonie avec les fonctions charitables qu'il remplissait.

Ses yeux ne quittaient pas le pauvre garçon confié à ses soins.

— Aucun mieux ne s'est-il produit pendant mon absence?

— Aucun changement, vous le voyez, Mary, toujours la fièvre, le délire..... la torpeur succédant à l'agitation. Tout à l'heure, il m'a fallu appeler Ben Aïssa pour m'aider à le contenir. Avez-vous rapporté les remèdes?

— J'apporte la quinine, et le docteur m'a promis de revenir ce soir.

— Et M. le vicaire?

— Il arrivera dans la nuit ; il était auprès d'un mourant.

— Dieu veuille qu'il arrive à temps! Ce pauvre Georges me semble mourant lui-même.

— Oh! père, ne dites pas cela! Je vais lui donner sa potion et renouveler la glace sur son front.

— Avez-vous vu les garçons?

— Oui, ils sont bien affligés aussi, mais disposés à vous remplacer au mieux auprès des ouvriers et des bêtes. Tante Mabel surveillera le souper et présidera à la fermeture des étables.

— Mais vous allez rentrer aussi, Mary ; je ne veux pas que vous vous fatiguiez encore à veiller, après vous être donné tant de peine tout le jour.

Une vive rougeur empourpra le visage attristé de la jeune fille, tandis que ses yeux se remplissaient de larmes.

— Vous craignez sans doute que je ne sois point assez attentive ; mais, rassurez-vous, l'anxiété chassera le sommeil. Il m'a été impossible de trouver une Sœur à Tunis.

— Avez-vous lunché, au moins?

— Oui, certes ; tante Mabel m'a bien soignée, et je vous apporte de sa part du poulet froid et du pâté pour vous réconforter, car elle ne se fie pas aux talents de Pasqua. La pauvre tante, elle n'aime pas à nous savoir loin d'elle ; je lui ai prouvé, cependant, que nous ne pouvions abandonner M. Georges.

Elle ôta son béret et prépara la potion avec des mouvements vifs et silencieux à la fois. C'était une séduisante créature, plus faite, semblait-il, pour la joie que pour les larmes, et dont les moindres gestes conservaient encore un charme enfantin.

— Point de dépêche de France? demanda M. May.

— Point de dépêche, répéta tristement Mary. Que ne donnerais-je pas pour que sa famille pût être ici et le soigner avec nous! Peut-être serait-il sensible à l'accent de son pays, à quelque intonation familière qui frapperait son cerveau affaibli et réveillerait sa sensibilité.

Elle se pencha vers le malade, tenta d'introduire une cuillère entre ses dents serrées et réussit à lui faire prendre quelques gouttes de cordial. Puis elle l'éventa longtemps, après avoir renouvelé les compresses glacées.

Il sembla se ranimer une minute, ses yeux éteints reprirent une lueur de vie, et sa plainte incessante se ralentit..... Mais ce ne fut qu'une trêve, et lorsque Pasqua, la vieille Italienne qui servait de ménagère, apparut sans bruit sur le seuil de la porte, l'agitation et les gémissements avaient repris de plus belle.

La servante se tordit les mains d'un geste tragique.

— C'est la fin, dit-elle, le pauvre ne verra pas le premier soleil..... Ah! il était trop bon pour nous aussi, ceux qui lui ressemblent partent toujours les premiers.

Angoissée déjà par l'état presque désespéré de leur ami, Mary ne put supporter longtemps les exclamations de l'Italienne ; elles ressemblaient par trop à une improvisation funèbre.

— Taisez-vous, Pasqua! dit-elle avec irritation. N'êtes-vous donc capable que de gémir et ne savez-vous plus prier! Si vous voulez continuer vos prédictions lamentables, vous pouvez vous en aller.

— Il y a bien la Madone, reprit la vieille d'un air de doute ; mais c'est trop tard, vous dis-je ; il partira au petit jour.

Mary se repentait déjà de sa colère.

— Allez vous reposer dehors, papa ; Pasqua va devenir raisonnable, et nous garderons toutes deux en disant notre chapelet.

Elles commencèrent à réciter dévotement le rosaire, la voix cassée de la vieille femme alternant avec la voix fraîche de la jeune fille, une égale ferveur animant leurs invocations.

Elles étaient si absorbées qu'elles n'entendirent pas ouvrir la porte : Ben-Aïssa était entré sans bruit, à la faveur de ses pieds nus, et présentait silencieusement une enveloppe bleue à Mary.

— C'est la dépêche, Dieu soit loué! murmura-t-elle avec ardeur. Il parlait sans cesse de sa tante et de sa cousine, puissent-elles venir le retrouver!

Elle rejoignit sous la véranda M. May, qui se promenait en fumant sa pipe. L'excellent homme ne paraissait point bavard ; sans mot dire, il décacheta la dépêche, puis la passant à sa fille :

— Ces dames seront ici demain ; vous ferez le nécessaire pour les bien recevoir, enfant.

Mary ne put d'abord retenir une exclamation joyeuse ; mais l'inquiétude reprit vite le dessus, elle se hâta de revenir auprès du moribond. Ce fut une nuit étrange et presque solennelle : il semblait qu'une sinistre visiteuse se tînt derrière la porte..... Le docteur arriva vers 10 heures, et son verdict ne fut pas rassurant.

Le second accès battait son plein ; pour le combattre, il ordonna de la glace, une dose invraisemblable de quinine, et demeura impuissant auprès de ce lit de souffrance.

M. May et sa fille l'interrogèrent du regard.

— Le troisième accès l'emportera! dit-il tout bas.

Il sembla à Mary que le sol se dérobait sous ses pieds.

— Mais cet accès reviendra-t-il fatalement, ne peut-on rien pour le conjurer? demanda-t-elle d'un ton suppliant.

— Si M. d'Aubert supporte cette énorme quantité de quinine, il y a une chance de le sauver ; mais je doute qu'il puisse l'absorber. Je reviendrai demain, dès que je le pourrai.

Tout ce colloque se passait sous le vestibule ; on entendait au dehors piaffer le cheval du docteur, et celui-ci, pressé par l'heure, se hâtait vers la sortie.

— Attendez une minute, continua la jeune fille oppressée, il est..... M. d'Aubert est catholique, peut-on remettre à demain de lui administrer les secours de la religion? Sa famille arrive..... nous pensions l'attendre.

— N'attendez personne ; je vous l'ai dit, le troisième accès l'emportera.

Mary refoula courageusement ses sanglots ; elle revint à son poste d'infirmière, et consultant son père du regard :

— Il faut le préparer, n'est-ce pas?

— Faites, répondit-il laconiquement.

Elle s'approcha du jeune homme, l'éventa, humecta ses lèvres et tenta par de douces paroles de fixer son attention.

— Vous souffrez beaucoup, n'est-ce pas? Oh! comme nous prions pour vous!..... M. l'abbé va venir tout à l'heure, il désire vous bénir en passant..... Faudra-t-il le recevoir?

Point de réponse.

— Le bon Dieu va venir aussi, continua-t-elle tandis que des larmes jaillissaient de ses yeux devant cette inertie. Il peut vous guérir, lui..... vous garder à ceux qui vous aiment!

Un faible mouvement indiqua enfin que Georges entendait. Il porta la main à son front d'un geste douloureux, et murmura instinctivement cet appel qu'on retrouve souvent dans l'Evangile, l'appel des pauvres, des malades, des pécheurs :

— Venez, Seigneur!

Mary le devina plus qu'elle ne l'entendit. Elle tomba à genoux, et tout en pleurant sur cette jeune existence qui semblait si près de s'éteindre, elle jeta aussi vers Dieu une supplication passionnée. Si, du moins, elle pouvait recevoir aussi la réponse d'espoir et de vie :

« J'irai et je le guérirai! »

Vers minuit, on entendit résonner les grelots de deux mules montées par le prêtre et le servant. Comme le Bon Pasteur, il se fatiguait à chercher les brebis écartées de son troupeau, et il y avait grand mérite, car les mauvais chemins de France donneraient encore une idée trop flatteuse de ceux qu'on appelle bons en Tunisie. Ce sont, pour la plupart, d'anciennes pistes arabes, dévastées comme des torrents durant la saison des pluies et remplies de fondrières et d'énormes cailloux.

Il demeura seul avec le malade ; puis rejoignant M. May et Mary :

— Je vais lui donner les derniers sacrements, dit-il avec émotion ; il serait imprudent de tarder davantage. Il a en ce moment une lueur de connaissance, profitons-en !

— Oh ! Monsieur l'Abbé, il faut demander au bon Dieu de le sauver ! s'écria ardemment Mary.

— Nous le prierons tous, mon enfant ; les bons chrétiens comme lui sont rares.

— Et s'il doit mourir, que ce ne soit pas encore, poursuivit-elle en pleurant : sa tante et sa fiancée sont en mer ; nous les attendons demain...... qu'elles puissent au moins le revoir, lui fermer les yeux !

Mais ce n'était pas l'heure de céder au chagrin ; il fallait vaquer aux préparatifs nécessaires au prêtre, les derniers que nous fassions pour ceux que nous aimons tant, que nous voudrions servir à genoux et qui, désormais, ne réclameront plus rien de notre tendresse.

Sur une table auprès du lit, elle disposa une nappe blanche, un vieux crucifix de cuivre, deux flambeaux, quelques fleurs.

— Il faut de l'eau bénite et un rameau, fit remarquer Pasqua.

Elle sortit et cueillit une branche d'olivier à la plantation qui s'étendait non loin de la maison, de jeunes arbres que Georges avait soignés et dont il était très fier.

— Là, tout est prêt, Miss, on peut appeler M. l'abbé.

Alors commencèrent les cérémonies si belles, si touchantes, qui sont la dernière purification du chrétien. Georges se prêta docilement à ce qu'on demandait de lui. Le prêtre fit les onctions saintes et déposa sur ses lèvres le corps de Celui « qui garde notre âme pour la vie éternelle », suivant le texte sacré.

Quand tout fut fini, le malade sembla reprendre un peu de vie, il tendit la main au vicaire, et se tournant vers M. May et sa fille :

— Adieu ! Vous avez été bons et je vous aimais..... dites à Renée.....

Mais il ne put achever, et l'on ne sut point ce qu'il fallait dire à cette fiancée lointaine, dont le souvenir lui apparaissait sans doute comme une dernière vision terrestre, au seuil même de l'éternité.

La nuit se passe dans une veille douloureuse.

Le patient est tombé dans un coma profond, et cet état se maintient jusqu'à l'aube. Au petit jour, une clarté blafarde givre la face du malade. Mary a un choc terrible au cœur : on dirait que la mort a posé sa main livide sur le masque de cire.

Mais non..... Est-ce une illusion?..... Il semble à la jeune fille que les traits de Georges sont moins convulsés, sa respiration plus lente. Ses yeux n'ont plus cette expression hagarde, ou du moins on ne la voit point, car les paupières sont abaissées comme pour le sommeil.

Remplie d'émoi, la jeune fille interroge son père du regard, et celui-ci répond à voix basse :

— Bénissez Dieu, Mary, je crois que nous le sauverons!

Quelle reconnaissance! Elle tombe à genoux ; elle serre la main de son père et redit, avec la confiance et l'heureux optimisme de la jeunesse :

— Oh! *Daddy*, nous le sauverons!.....

Puis elle s'en va, le cœur trop plein pour rester inactive et silencieuse ; elle vaque aux mille soins du ménage et s'efforce de donner aux chambres préparées à la hâte un aspect moins misérable. D'une main adroite, elle dresse le couvert à la salle à manger et ne peut s'empêcher de l'égayer d'un gros bouquet. On a envoyé à la station, les voyageuses ne vont pas tarder d'arriver. Mary se surprend à les désirer.

Il n'est plus question de timidité : une joie, une confiance indicibles remplissent son cœur, et lorsqu'on entend au loin le roulement de la voiture et le galop des chevaux, elle ne songe plus qu'à faire bon accueil aux parentes de Georges.

Les voilà..... pâles de fatigue, brisées de chagrin. M. May vient leur ouvrir la portière et leur aider à descendre, avec ses belles manières cérémonieuses de gentleman.

Mary baise la main de Mme Pervent et se jette au cou de Renée en disant, moitié riant, moitié pleurant :

— Je crois bien qu'il guérira!

XI

Il se guérit. Sa robuste constitution offrait bien des ressources, et l'on pria beaucoup pour lui. Voilà comment nous le retrouvons, entouré de ses amis, sous la véranda de Sidi-

Belli. Il était faible encore (on ne touche point impunément aux confins de la mort) ; mais si son visage était amaigri, si sa personne était encore d'une sveltesse qui désolait le docteur, son teint était reposé et ses yeux avaient perdu l'éclat fiévreux qu'ils avaient gardé si longtemps.

Georges traversait cette période délicieuse que tous les convalescents ont connue ; chaque jour amenait un progrès, une conquête nouvelle sur la maladie. Il pouvait quitter son lit et passait des heures étendu sur sa chaise longue de rotin, se laissant soigner et dorloter par chacun. Souvent il protestait de sa confusion et jouissait cependant beaucoup de l'affection et des soins dont on l'entourait. Mme Pervent avait pour lui des attentions de mère. Renée l'enveloppait d'une chaude tendresse, et Mary, reléguée maintenant au second plan, observait une timide réserve, tout en vaquant à ses occupations coutumières.

Par une sorte d'habitude peut-être, les yeux de Georges allaient souvent vers miss Mary, tandis qu'une vision lointaine venait s'interposer entre les traits du jeune homme et le regard de Renée. L'image du professeur traversait parfois ainsi la pensée de la jeune fille.

Une après-midi qu'un vent doux et léger donnait l'illusion du printemps de France, miss Mabel vint faire visite à Sidi-Belli. Elle apportait à *master Georges* de superbes mandarines, mûries dans une plantation fertilisée par le voisinage d'un oued. Mme Pervent faisait, tout en tricotant, une lecture à son neveu. Renée brodait en ayant l'air d'écouter ; toutefois, son imagination était bien loin.

On admira les beaux fruits et l'on causa des menus événements du pays.

— J'ai appris, ce matin, que M. l'abbé Bayle est malade, dit miss Mabel ; voilà qui va augmenter pour quelques jours la besogne de Mary !

Renée ouvrit de grands yeux.

— Vous ne voulez pas dire que votre nièce joint à toutes ses occupations une partie du ministère paroissial ? demanda-t-elle.

Miss Mabel se mit à rire.

— Il s'agit de s'entendre. Vous savez sans doute que nous n'avons point de paroisse proprement dite. Les offices sont célébrés dans le petit oratoire où vous êtes allée dimanche, et cet oratoire est desservi par un vicaire de la cathédrale de Tunis. (Vous voyez que nous sommes très déshérités quant aux secours religieux, et le peu que nous en avons est déjà beaucoup pour nos prêtres, qui ne sont pas nombreux et sont très chargés.) Alors, pour les soulager dans la mesure du possible, Mary a imaginé de faire le catéchisme à tous les enfants européens établis dans les environs. Ils viennent d'assez loin et très régulièrement. Elle les instruit de son mieux durant la semaine, et M. l'abbé fait passer l'examen le dimanche et le jeudi.

— Sont-ils nombreux?

— De quinze à vingt, et fameusement indisciplinés, je vous assure! Il y a des Espagnols, des Italiens, des Maltais, peu de Français, car vos compatriotes n'aiment point à s'établir dans des régions désertes comme la nôtre. Ils préfèrent la ville ou les endroits plus habités, comprenant déjà une église et des écoles.

— Mary doit avoir bien de la peine, avec ces élèves de rencontre?

— Certes, oui ; elle passe chaque jour plus d'une heure avec ces petits malheureux. Cela attire les mères, et c'est une procession perpétuelle. Alors, comme cette population flottante ne mérite pas grande confiance, je lui ai naturellement interdit l'entrée du cottage. Will, à la prière de sa fille, lui a abandonné l'usage d'un hangar ; c'est là qu'elle tient ses assises et donne ses consultations, car on n'a jamais fini avec ces gens-là.

Les instincts aristocratiques de la bonne miss semblaient très choqués de cette promiscuité inquiétante.

— J'aimerais à la surprendre au milieu de ses pauvres clients, dit Renée avec intérêt.

— Oh! rien n'est plus facile, répondit miss Mabel. Je suis venue dans la charrette, et je suppose que vous pouvez vous confier sans danger à l'habileté de Yousouf, qui est un cocher passable. Vous plairait-il de m'accompagner? Mary sera charmée de votre visite, et j'aurai le plaisir de vous offrir une tasse de thé.

La jeune fille accepta volontiers l'invitation, enchantée de terminer par une promenade la journée qui lui avait paru longue.

Georges ne se trompa point à son empressement.

— Je suis égoïste, dit-il avec un peu de tristesse ; pardonnez-moi, Renée, de vous garder toujours au logis, je réparerai tout cela quand je serai mieux. Vous allez bien mal augurer de ce pays, si vous le jugez d'après les distractions qu'il vous offre.

— Vous oubliez, Georges, que nous sommes venues pour vous soigner et vous tenir compagnie. Nous sommes trop heureuses de votre guérison pour songer à autre chose ; n'est-il pas vrai, maman?

— Très vrai, mon enfant. Georges n'est pas tenté d'en douter, j'imagine?

Il soupira légèrement en détournant la tête. Ses forces revenaient lentement, et son inaction lui devenait de plus en plus pénible.

Quelques minutes après, la charrette s'éloignait au trot endiablé du petit cheval. Renée jouissait du plaisir très vif d'être emportée d'un mouvement rapide à travers champs, à cette heure délicieuse de la journée. Elle était même trop occupée des accidents de la route pour prêter grande attention aux discours de sa compagne ; mais celle-ci, qui semblait avoir hérité de l'expansion facile de sa race, ne lui tint pas rigueur et lui raconta longuement les premiers déboires de leur installation en Tunisie.

La voiture s'arrêta enfin devant une maison construite à la mode arabe, c'est-à-dire avec une terrasse en guise de toit et le moins de fenêtres possible. Miss Mabel s'obstinait à la décorer du nom de cottage, dans le chimérique espoir de se donner ainsi l'illusion de la patrie.

Elle désigna à Renée un hangar adossé à une haie d'aloès.

— C'est là, dit-elle ; vous pouvez rejoindre Mary, si vous tenez à voir ses écoliers. Pardonnez-moi de vous quitter, il faut que j'aille veiller au luncheon.

Mais il était déjà trop tard : une bande de gamins, tous plus déguenillés les uns que les autres, sortaient en se bousculant, tirant, en manière de salut, la mèche de cheveux emmêlés qui pendait sur leur front. Mary était au milieu d'eux, vêtue d'une fraîche robe de toile rose, et rien n'était charmant comme le contraste de cette jeune et jolie fille avec ces bambins brûlés par le soleil.

Quelques femmes s'avancèrent à leur tour, bien pauvres,

bien misérables, celles-là. L'une avait son bras en écharpe, l'autre un bandeau sur l'œil ; la troisième enfin portait un enfant de quelques mois qui gémissait péniblement.

Renée s'était arrêtée un peu à l'écart et assistait, sans qu'on la vît, à la consultation. La jeune Irlandaise avait un affectueux accueil pour toutes ces misères, et prêtait une oreille attentive aux plaintes de ces pauvres créatures. S'étant approchée d'une table de pierre qui se trouvait là, elle développa une petite pharmacie portative et pansa le bras de l'infirme avec une dextérité qui décelait l'habitude. Elle versa un collyre dans les yeux malades. Enfin, elle prit le bébé avec un sourire si doux et des gestes si caressants qu'il se laissa examiner sans résistance.

Elle ne semblat ni pressée ni impatiente de se libérer ; on eût dit qu'elle était dans son élément et que rien de plus intéressant ne réclamait son attention.

Aussi avec quel abandon on lui parlait, comme ces infortunées créatures semblaient en confiance avec elle.

Cependant, les aboiements d'un chien qui avait découvert Renée attirèrent ses regards. Elle rougit un peu en s'avançant vers la jeune fille, tandis que ses humbles clientes se retiraient clopin-clopant. Renée lui serra la main avec plus d'affection que de coutume.

— Que vous disaient ces femmes? demanda-t-elle en désignant le groupe lamentable qui s'éloignait.

— Hélas! de tristes choses..... Elles sont pauvres, elles sont malades ; leurs maris les battent.

— Et l'on supporte tout cela sans s'émouvoir, dans cet affreux pays?

Mary hocha la tête ; elle n'était point pénétrée de théories humanitaires à l'égal de Renée, mais elle avait, encore plus qu'elle, la précoce expérience des douloureuses choses d'ici-bas.

— Les hommes souffrent aussi ; ils boivent pour s'étourdir et deviennent méchants. Mais vous n'avez pas vu le pire : les femmes indigènes sont encore bien plus misérables que celles-ci.

C'était entrer dans le vif de la question.

— Ne serait-il pas beau de les tirer de leur abjection? s'écria Renée avec feu.

— On ne peut malheureusement pas aller contre le préjugé qui, dans la religion de Mahomet, leur refuse une âme et les ravale presque au rang des bêtes de somme.

— L'avez-vous essayé?

— Je l'ai surtout désiré ; mais tout est rendu très difficile par l'impossibilité d'arriver jusqu'à elles. L'intérieur d'un Arabe est chose sacrée ; les roumis, comme ils nous nomment, ne doivent y pénétrer sous aucun prétexte ; et les usages religieux, les mœurs populaires sont d'ailleurs protégés par des lois qu'il ne ferait pas bon enfreindre.

— Alors, vous croyez sincèrement qu'il serait inutile de tenter d'émouvoir l'opinion en faveur des femmes arabes?

— Ce serait non seulement inutile, mais imprudent. Les musulmans ne nous supportent qu'à la condition de nous voir respecter leurs coutumes, et il faut user d'une certaine diplomatie dans les rapports quotidiens.

Encore une illusion qui s'en allait! Renée soupira (elle soupirait souvent depuis son arrivée en Tunisie).

— Alors, comment remplir sa vie? dit-elle presque involontairement.

Mary leva les yeux, une douce lumière brillait dans son regard.

— *Il y aura toujours des pauvres parmi vous*..... Ce n'est pas moi qui l'ai dit, ajouta-t-elle comme pour s'excuser.

— Oui, je sais que la charité peut devenir le grand intérêt de l'existence ; mais il y a des jours où l'on est exigeant, où l'on voudrait plus encore......

— Quoi donc?

— Que sais-je? des satisfactions de cœur et d'esprit qui vous soient tout à fait personnelles..... On rêve un bonheur bien à soi. N'avez-vous jamais éprouvé cela?

Mary secoua la tête.

— Je n'ai guère le temps de rêver..... Si vous saviez tout ce qu'il y a à faire dans une exploitation comme la nôtre, quand on dispose de peu de ressources et qu'il faut beaucoup payer de sa personne. Et j'ai été si heureuse, jusqu'à présent, si heureuse!

Elle semblait se complaire et s'arrêter dans le souvenir de ce bonheur passé.

— Et maintenant?

— Maintenant, je le suis encore, puisque je gagne une amie, et que j'entrevois pour l'avenir un voisinage qui me sera précieux, répondit-elle bravement.

Renée eut-elle le sentiment qu'il se cachait un regret inavoué sous cette réponse?

— Parlez-moi de mon cousin Georges! dit-elle sans transition.

Mary rougit un peu ; cependant, ses yeux clairs ne se baissèrent pas.

— Que vous en dirais-je? Vous le connaissez mieux que moi.

— Ce n'est pas sûr. Nous nous sommes quittés depuis bientôt trois ans (je ne parle pas de ses courtes visites). Or, c'est une période qui compte, à notre âge!

— Mais vous savez au moins qu'il est un chrétien sincère, un ami fidèle et dévoué? Que de preuves de bonté et de désintéressement il a données ici! Que de fois il a été la providence de colons imprudents, prêts à renoncer à leur entreprise faute de savoir s'y prendre. Et tenez, sans aller plus loin, mon père était très découragé lorsque M. d'Aubert est venu s'établir dans notre voisinage. Il avait eu de mauvaises récoltes ; son vin n'était pas bon, il se vendait mal ; mon pauvre papa se trouvait bien novice dans toutes ces choses, car ce n'est pas en Irlande qu'on apprend à cultiver la vigne! Eh bien, qui est venu à son aide, sinon M. Georges? Il lui a procuré un caviste entendu, il lui a trouvé en Russie un débouché avantageux et ne s'est jamais lassé de nous seconder de toutes manières.

— A l'entendre, toute la reconnaissance est de son côté, Mary ; votre voisinage si précieux lui faisait presque retrouver une famille.

Elle rougit encore.

— J'ai craint souvent, au contraire, que notre intérieur uni et animé ne lui rendît sa solitude plus sensible. Que de fois, après une bonne journée passée ensemble, il a gémi sur sa grande maison déserte et soupiré après votre venue. Il nous parlait de vous sans cesse, personne ne pouvait égaler sa cousine Renée ; et maintenant je suis de son avis, ajouta-t-elle naïvement.

Elle était si gentille, si complètement oublieuse d'elle-même dans son admiration pour sa compagne, que celle-ci ne put s'empêcher de l'embrasser.

— J'ai bien peur que la comparaison ne le rende trop difficile : l'absence l'aveuglait sur mes défauts. Je ne suis pas bonne comme vous, petite Mary, ni patiente ni tolérante ; il faudra parfois beaucoup de vertu à mon mari pour me supporter.

— Il lui en faudra certainement plus encore pour vous laisser repartir, à présent qu'il a goûté la joie de votre présence. Mais ce ne sera plus pour longtemps, n'est-il pas vrai?

— *Chi lo sa?* repartit Renée avec une certaine nervosité. Montrez-moi votre jardin, ma chère, il paraît que vous obtenez des merveilles.

— Oui, certes, depuis que M. Georges nous a donné l'idée d'un puits dans cette dépression de terrain. Il a imaginé une noria fort ingénieuse et un système d'irrigation parfait. Nous avons des fleurs, des légumes. Qui sait? nous réussirons peut-être à acclimater des cerisiers, l'ambition suprême des Tunisiens.

Les deux jeunes filles parcoururent les environs proches du cottage, Mary faisant les honneurs de leur domaine, Renée admirant avec plus de politesse que de conviction, car il faut être du métier pour apprécier la belle venue des petits ceps de vigne qui représentent, là-bas, un revenu appréciable. Çà et là, pourtant, un bouquet d'eucalyptus ou de lauriers-roses rompait l'agaçante régularité des plantations, un champ de blé mettait une tache plus chaude au milieu de toute cette verdure uniforme.

Elle laissait errer ses regards autour d'elle avec distraction, si bien que sa compagne, la jugeant fatiguée, abrégea le tour du propriétaire et lui proposa d'entrer au cottage, où le lunch attendait. Sous l'empire des préoccupations qui l'obsédaient, Renée répondit faiblement à la réception empressée que lui fit tante Mabel. Il lui fallut faire connaissance de John et de Walter, robustes boys de quinze à seize ans, qui, se préparant à être colons comme leur père, mettaient déjà résolument la main à l'œuvre. Elle fit honneur au thé, aux muffins brûlants qui furent servis dans un parloir brillant de propreté ; mais elle parla peu et sembla froide et dédaigneuse aux gens simples qui la recevaient de leur mieux.

La charrette fut de nouveau mise à sa disposition pour le retour, et, quand elle fut partie, la voix seule de Mary s'éleva pour la défendre contre les critiques des garçons. Miss Mabel ne disait rien ; toutefois, en son for intérieur, elle ne put s'empêcher de décider que la jeune Française, si jolie, si agréable fût-elle, n'était pas de tous points digne du cher master Georges.

Cependant, Renée regagnait le logis de son cousin, et des pensées troublantes se pressaient dans son esprit..... Ses regards parcouraient ce pays étranger qui allait devenir le sien. Elle sentait qu'il lui faudrait désormais borner son horizon à ce qu'elle avait sous les yeux, se consacrer exclusivement à celui qui mettrait en elle tout son espoir.

— L'aimé-je assez, hélas?

Sans qu'elle y prît garde, son cœur se serra, des larmes involontaires lui montèrent aux yeux, et il lui vint ce soupçon affreux que, tout en souffrant elle-même, elle volerait peut-être le bonheur d'une autre.

— Oh! qui m'éclairera? se dit-elle avec angoisse.

Son visage portait encore des traces d'émotion lorsqu'elle rejoignit les siens ; mais la nuit tombait, et l'on ne s'en aperçut pas.

— Eh bien! demanda gaiement Mme Pervent, as-tu fait plus ample connaissance avec tes futurs voisins?

— J'ai passé une heure très agréable auprès d'eux...., Miss Mabel est une bonne créature et Mary est un ange! répondit Renée avec conviction.

Puis elle demeura silencieuse, malgré les efforts de son cousin pour l'égayer.

XII

On vient de fêter, au bordj Sidi-Belli, par un joyeux repas la guérison de Georges, et les May au grand complet ont été conviés à partager l'allégresse générale.

Oui, Georges est rétabli, il semble avoir ressuscité tout d'un coup ; aux dernières langueurs de la fièvre qui le retenaient sur sa chaise longue a succédé un inépuisable entrain.

Il entre, il sort, monte à cheval, donne ses ordres avec une telle vivacité et une si infatigable ardeur qu'on dirait qu'il veut rattraper en une seule fois le temps perdu dans l'immobilité et la maladie. Il est au cellier tandis qu'on le croit sur l'aire ; tel qui vient de le quitter dans les écuries apprend soudain qu'il est déjà à la pépinière.

Renée assiste toute surprise à cette métamorphose. Faut-il le dire?..... Elle ne se souvenait pas qu'il fût si bruyant. Est-ce l'habitude de parler au grand air et d'être obéi qui a donné à sa voix ces sonorités profondes et ces inflexions légèrement impératives?

Le bon Georges s'est transformé. Il est actif, décidé, entreprenant. Sa personnalité s'est accentuée dans ce petit empire où il règne en autocrate ; ses relations mêmes avec sa fiancée ont changé de nature : ce n'est plus le cousin timide, l'amoureux transi d'autrefois. Il traite avec Renée de puissance à puissance ; elle sent bien qu'il est le maître et que, malgré les égards dont il l'entoure, il saura au besoin imposer sa volonté. Et, intérieurement, elle se révolte déjà..... Il est le maître, c'est vrai ; mais par la loi du plus fort, par le fait de son entêtement masculin. Elle a la conscience de lui demeurer supérieure par la culture de l'esprit, l'affinement de l'intelligence, la hauteur des vues. Il la soumettra, sans doute ; il est douteux qu'il la domine jamais. Chose bizarre, Georges lui plaît davantage peut-être dans ce personnage nouveau ; mais elle ne ressent plus à son endroit cette compassion féminine que lui inspiraient jadis ses sentiments brûlants à peine exprimés.

Il ose la contredire, elle ne se gêne plus pour discuter. Mme Pervent, qui assiste à ces fréquentes escarmouches, se demande parfois, avec une légère anxiété, si le ménage de sa fille conservera toujours l'accord parfait et l'inaltérable paix qu'elle a rêvés pour elle.

Malgré ces inquiétudes à fleur de peau, la petite réunion de Sidi-Belli était des plus cordiales, et, tout en dégustant l'excellent *kawa* préparé à la mode arabe, on causait de la France, de l'Irlande, de la nouvelle patrie tunisienne dont l'amour est si tenace au cœur de ceux qui ont su y conquérir une place à la sueur de leur front. On était content de se retrouver ensemble, après les angoisses supportées en commun ; et le mot d'*avenir* n'était pas prononcé..... N'est-ce point encore la meilleure manière de jouir d'un heureux présent que de ne point évoquer ce qui pourra le suivre!

Miss Mabel et Mme Pervent échangeaient ces confidences de bonnes ménagères qui sont de tous pays ; Georges et M. May discutaient bien haut les affaires de la colonie ; les *boys* eux-mêmes s'étaient dégelés, et Renée finissait par trouver un certain intérêt à leurs aventures de chasse.

Puis on parla musique, et la conversation devint générale sur un terrain où tout le monde s'entendait. Georges l'aimait passionnément, et, bien que médiocre exécutant, avait trouvé jusque-là dans son piano la meilleure distraction de ses soirées solitaires.

— Comment Miss Mary n'a-t-elle pas encore chanté devant vous? demanda-t-il à sa cousine et à sa tante.

— Hélas! mon pauvre enfant, répondit celle-ci, nous n'avions guère le cœur à la joie quand nous sommes venues te rejoindre, et, depuis, tu nous as donné, sans reproches, tant d'occupations que nous n'avons pas eu le loisir de nous enquérir des talents de miss Mary.

— Il faut réparer cette omission au plus vite! s'écria Renée ; chantez-nous ce que vous voudrez, dear Mary, je serai charmée de vous accompagner.

— Je suis si peu habile, il n'y a que M. Georges qui puisse me suivre, répondit-elle avec confusion : il connaît mes défauts et sait tout ce qui me manque.

— Eh bien! je lui céderai ma place très volontiers, puisque vous avez l'habitude de son jeu.

Mary se dirigea vers le piano et feuilleta le casier à musique d'un air irrésolu.

— Je ne sais trop que choisir?

— Prenez le *Noël* d'Holmès, demanda Walter.

— Nous ne sommes pas au temps de Christmas, cependant.

— Puisque nous célébrons la guérison de Georges, c'est vraiment un jour de fête. Chantez *Noël*, Mary, dit M. Will avec son laconisme habituel.

La jeune fille ne se fit pas prier davantage ; elle vint se placer auprès de Georges, déjà installé au piano, et Renée ne put s'empêcher de remarquer quel heureux contraste formaient sa grâce mignonne et son beau teint de blonde avec la structure robuste et le visage basané de son cousin.

D'une voix pure et dont la fraîcheur exquise faisait oublier l'inexpérience, elle commença le chant bien connu :

Trois anges sont venus ce soir
M'apporter de bien belles choses.

L'un d'eux avait un encensoir,
L'autre avait un chapeau de roses.
Et le troisième avait en mains
Une robe toute fleurie
De perles d'or et de jasmins,
Comme en a Madame Marie.

Noël! Noël!
Nous venons du ciel
T'apporter ce que tu désires,
Car le bon Dieu,
Au fond du ciel bleu,
Est chagrin lorsque tu soupires.

Mary ne se savait point observée ; debout, un peu en arrière de Georges, elle fixait sur lui un regard dont on ne pouvait méconnaître l'expression. Renée ne la quittait pas des yeux cependant, et son impression était qu'ils faisaient tous fausse route, qu'un cœur innocent allait souffrir de leur erreur, jusqu'à se briser peut-être.

La jeune fille s'était animée en chantant, et quand vint le souhait final, une rougeur brûlante l'envahit jusqu'au front :

Noël! Noël!
Retournez au ciel,
Mes beaux anges, à l'instant même,
Dans le ciel bleu
Demandez à Dieu
Le bonheur de celui que j'aime.

Et cela paraissait si sincère..... Pour cette petite âme simple et tendre, le bien suprême résidait vraiment dans la joie de celui qu'elle aimait. Car c'était vrai, Mary aimait Georges..... Renée ne pouvait plus en douter.

— C'est charmant, vous avez une voix délicieuse..... et si expressive! ajouta-t-elle avec un peu de malice.

Mais Mary semblait vraiment émue et ne reprit sa gaieté qu'avec un visible effort.

Puis les hommes présents se récrièrent sur leurs occupations et ne tardèrent pas à s'éclipser. Miss Mabel commença à s'agiter à la pensée de tout ce qui devait se passer au cottage en son absence, et sa nièce partit avec elle dans la petite charrette qu'elle conduisait avec adresse, malgré les difficultés du chemin.

Renée demeura seule avec sa mère ; elle semblait préoccupée et ses yeux brillaient d'un éclat inaccoutumé, causé peut-être par les larmes qui les remplissaient. Elle vint s'asseoir sur un tabouret bas, dans la pose favorite de son enfance.

— Chère maman, commença-t-elle.

— Qu'y a-t-il, mon enfant?

— N'avez-vous rien auguré, rien deviné depuis que nous sommes ici?

— A quel sujet?

— Faut-il vous dire tout ce que je pense..... tout ce que je crois?.....

— Tu sais bien que ta confiance m'est toujours précieuse.

— Maman, ne soyez pas trop peinée si je vous apprends que Georges et Mary s'aiment sans se l'avouer à eux-mêmes et que..... que je ne veux pas être un obstacle à leur bonheur.

Mme Pervent parut moins surprise que sa fille ne s'y attendait ; elle se pencha et fit passer toute sa tendre pitié dans le baiser qu'elle lui donna.

— J'espérais me tromper, murmura-t-elle, tu as du chagrin, ma pauvre enfant?

Renée baissa la tête avec confusion :

— Pas autant que vous croyez, mère ; je crois bien n'avoir jamais eu pour Georges les sentiments qu'il mérite. Si je pleure, c'est.....

Les larmes l'empêchèrent de continuer.

— C'est que je ne puis aimer ailleurs, dit-elle enfin ; vous savez bien que je n'en ai pas le droit!

Il est des moments où la parole ne ferait qu'envenimer la plaie..... Sa mère se borna à caresser en silence le visage éploré incliné devant elle.

Ainsi, c'était vainement qu'elle avait cru assurer le bonheur de sa fille selon les prévisions humaines : son cœur s'était détourné du fiancé qui l'avait choisie pour se donner à celui qui ne pouvait le prendre..... L'épreuve était venue quand même sous la forme la plus insidieuse : l'amour défendu..... celui qui détruit, qui brise, qui déchire et ne supporte pas qu'on édifie rien sur ses ruines.

— Que la vie sera longue!

— Tu vivras pour moi, ma bien-aimée ; tu vivras surtout dans l'espérance d'un jour plus beau qui luira infailliblement,

Souviens-toi du texte sacré : « Dieu essuiera toutes larmes dans les yeux des justes, la mort ne sera plus en eux, ni le deuil, ni les gémissements : leur douleur s'arrêtera enfin, car tout le premier monde aura passé..... » Il faut prendre courage, croire malgré tout que ton existence ne sera pas stérile, que Dieu t'enverra des devoirs pressants à remplir.

Elle répondit avec amertume :

— Je n'espère rien, je ne désire rien, car espérer et désirer les biens auxquels j'aspire serait un crime.

— Il te reste, du moins, un devoir à remplir : Rendre sa parole à Georges! dit Mme Pervent.

Renée s'inclina sans répondre et sortit pour rafraîchir, à la brise du soir, son front brûlant.

Le jour tombait et une fraîcheur délicieuse se répandait dans les champs. Renée s'attarda dans une promenade bienfaisante.

Tout à coup, elle entrevit au loin la stature élevée de Georges, son allure ferme et rapide. C'était bien lui, il rentrait en se hâtant, jouissant peut-être (comme il l'avait dit la veille) du plaisir, rare pour lui, d'être attendu.

Renée eut un petit frisson en songeant à ce qu'elle avait à lui dire..... C'était un peu dur de lui rendre sa parole après l'avoir fait attendre si longtemps.

— Il ne peut que gagner au change, pensa-t-elle pour se donner du courage ; Mary est bien meilleure que moi.

Georges s'avançait, il n'était plus qu'à quelques pas.

— Veniez-vous réellement à ma rencontre? s'écria-t-il, joyeusement surpris, car elle ne l'avait pas habitué à de semblables attentions.

— Pour être sincère, je dois dire que je pensais surtout à dissiper mon mal de tête par une promenade.

— Vous y avez réussi, j'espère? Quelle admirable soirée, n'est-il pas vrai? Nous n'avons pas en France de ces merveilleux couchers de soleil. Allons, Renée, avouez que ce pays est attachant, malgré ses inconvénients?

— Je crois surtout qu'on s'y accoutume à la longue, répondit-elle en hochant la tête ; mais je ne puis m'empêcher de trouver nos sites français infiniment plus beaux.

— Eh bien, ne discutons plus sur les mérites de la nature,

continua-t-il avec quelque impatience ; parlons d'une chose qui me tient au cœur plus que tout au monde, et sur laquelle vous êtes bien muette, ce me semble : notre avenir à tous deux.

Renée leva sur lui ses grands yeux tristes, et posant la main sur son bras :

— Mon bon Georges, commença-t-elle d'une voix suppliante.

Il s'arrêta brusquement.

— Allons, je vois ce que c'est, dit-il en déguisant mal son dépit, encore un prétexte, encore un délai! Vous avez eu pitié un instant de ma solitude, et, me croyant à la mort, vous êtes venue charitablement à mon secours ; mais, à présent que me voilà guéri, vous semblez ignorer à quel point je continue à avoir besoin de vous!

— Avez-vous réellement besoin de *moi*, demanda-t-elle en appuyant avec intention sur ce mot, ou besoin seulement d'un intérieur, d'un foyer, d'une femme enfin qui sache vous le rendre aussi doux que possible?

— Que voulez-vous dire, Renée?

— Oh! mon ami, ne vous fâchez pas, ne me regardez pas ainsi avec colère..... écoutez-moi patiemment. Je ne veux pas savoir ce que vous pensez, peut-être ne le savez-vous pas vous-même ; mais ce dont je suis sûre, *sûre*, entendez-vous? c'est qu'il y a non loin d'ici un cœur tendre et fidèle qui s'est donné sans le vouloir, et qui souffrirait de n'être point payé de retour.

Le jeune homme détourna la tête, peut-être pour cacher son trouble.

— Je veux vous parler avec confiance, Georges. Aussi bien, vous êtes un homme d'honneur, et le secret que j'ai surpris ne saurait être mieux gardé. Ne vous êtes-vous point aperçu que Mary vous aime, beaucoup plus, beaucoup mieux que je ne saurais vous aimer, et qu'elle mérite mieux que moi la tendresse profonde que vous réservez à votre femme? Ne protestez pas ; il me semble que j'ai beaucoup vécu, plus que vous dans une certaine mesure, et que j'ai acquis sur plusieurs points une expérience qui vous manque peut-être. Pourquoi vouloir à tout prix persister dans un projet ancien et que les circonstances ont pu modifier? Nous étions bien jeunes quand nous l'avons formé ; nous savions à peine quelle chose grave c'est de s'engager pour la vie. Ne nous sommes-nous pas trompés?.....

Croyez-vous, pour votre compte, que je puisse vous rendre aussi heureux que vous le méritez?

— Je crois surtout que vous en doutez pour le vôtre, répondit-il amèrement.

— Pourquoi ne l'avouerais-je pas? répondit-elle avec simplicité. Par la force des choses, nous sommes devenus un peu étrangers l'un à l'autre, et nous aurions certainement quelque peine à harmoniser nos pensées et nos vies.

Georges la contraignit de s'arrêter, et scruta un moment son visage altéré.

— Répondez-moi sincèrement, vous aimez ailleurs?

Elle soutint vaillamment le regard, bien qu'une rougeur ardente révélât son émotion.

— Si j'ai fait un rêve, je sais qu'il est irréalisable, dit-elle ; j'aurais pu loyalement unir mon sort au vôtre.

Il laissa retomber sa main et poursuivit un peu confus :

— Pardonnez-moi, je suis un brutal, et vous êtes, vous, une courageuse enfant. Mais ne me forcez pas encore à prendre un parti ; c'est à peine si je vois clair en moi-même. Je sais trop bien, et depuis longtemps, hélas! que vous n'avez jamais répondu à mon amour ; pourquoi ne me laisseriez-vous pas cependant essayer de toucher votre cœur? Je serai patient, si j'entrevois l'espoir de le conquérir un jour!

Elle hocha la tête.

— Et, pendant ce temps, nous laisserions souffrir en vain cette bonne petite Mary, si naïve, si candide! Elle ne se doute pas combien il est facile de la deviner..... Il lui faut certainement une vertu héroïque pour vous céder à une autre, et cependant avec quelle douceur elle fait son sacrifice! Son émotion en chantant tout à l'heure, le souhait touchant qu'elle exprimait avec une ardeur si sincère ne vous ont-ils rien révélé?

Ce fut au tour de Georges de s'émouvoir.

— Mary est jeune, elle oubliera! dit-il faiblement.

— Ah! non, il ne faut pas qu'elle oublie. Laissez-vous aller au bonheur d'être aimé ainsi ; il n'est pas si fréquent, après tout!

— Mais vous, Renée, dit-il, en considérant avec tendresse le charmant visage de sa cousine, vous si bien faite aussi pour goûter ce bonheur, que deviendrez-vous?

— J'apprendrai à m'oublier, à vivre pour les autres ; le bon

Dieu m'aidera..... Vous me permettrez bien de rester toujours votre amie?..... *à tous les deux ?* ajouta-t-elle pour ramener un sourire sur les lèvres de Georges.

Elle n'y put réussir. Durant toute la soirée, il demeura silencieux et préoccupé. Quand on se sépara pour la nuit, il s'approcha de sa tante et lui prit la main avec affection et respect.

— Ce que Renée m'a dit est-il irrévocable?

— Je le crois, mon enfant, répondit-elle avec tristesse, car elle était fort attachée à son jeune parent et voyait avec peine l'avenir de sa fille remis en question.

— Et vous l'approuvez de m'abandonner ainsi?

— Elle n'a fait que ce qu'elle a voulu depuis qu'elle est au monde, continua Mme Pervent avec un faible sourire, et nous ne sommes plus au temps où l'on mariait les filles sans les consulter.

— Je suis bien tenté de le regretter, c'était l'âge d'or!

— Ne soyez pas trop fâchée de me garder, mère, ç'aurait été dur de vous quitter. Quant à vous, Georges, songez au vieux dicton : *Les mariages sont écrits dans le ciel.....*

Il demeura perplexe, évidemment dérouté par ce changement d'orientation, et s'en fut commencer sous la véranda une promenade méditative qui se prolongea fort avant dans la nuit.

Quant à Renée, elle regagna sa chambre avec une impression d'immense soulagement. Libre..... elle était libre! Depuis bien des mois elle n'avait respiré si à l'aise.

XIII

Jacques Saurel descendait rapidement un des escaliers tournants logé dans une tourelle au Palais de Justice de Grenoble, lorsqu'il se heurta à un vieux monsieur corpulent qui le gravissait avec une certaine difficulté.

Il porta la main à son chapeau en murmurant une excuse ; le vieux monsieur en fit autant de son côté. Ils se regardèrent, et, à leur inexprimable surprise, se reconnurent tous les deux.

— Monsieur Beaufort!

— Monsieur Saurel!

Une cordiale poignée de main témoigna de leur satisfaction mutuelle.

M. Beaufort était, si l'on s'en souvient, le magistrat ami de Mme Pervent et de sa fille, à l'heureuse indiscrétion duquel Maggini avait dû son salut.

— Par quel surprenant hasard vous trouvé-je si loin de Pont-les-Salines?

— Et vous-même?

— Oh! moi, c'est tout simple, répondit le professeur : je suis retenu dans ma ville natale par une affaire, et je réclame le plaisir de vous en faire les honneurs.

— Je vous remercie, j'y suis depuis quelques jours déjà, et je commence à le connaître. L'Académie de Pont-les-Salines, connaissant mes goûts archéologiques, m'a demandé, pour sa séance publique annuelle, une monographie du Palais de Justice de Grenoble, et je n'en finis pas d'étudier ce splendide souvenir du style ogival et de la Renaissance. Cependant, j'ai pu y consacrer quelques bonnes heures, et me voilà à peu près documenté.

— Je regrette de vous avoir rencontré si tard ; c'eût été une vraie bonne fortune d'explorer tous les recoins de cet antique monument en compagnie d'un cicerone si autorisé.

— Merci du compliment. Mais parlons un peu de vous, mon jeune ami, est-il vrai que vous songiez à nous quitter?

— C'est chose faite ; je serai désormais chargé de cours à l'Université de Grenoble, et, bien que j'aie sollicité ce poste, j'avoue que ma satisfaction est mêlée de regrets. Je commençais à m'accoutumer à votre paisible cité, aux bois, aux collines qui l'environnent, et la campagne, si morose l'hiver, semblait me réserver pour l'été d'agréables flâneries. Je ne vous étonnerai point non plus en vous disant que j'avais rencontré là-bas des sympathies dont je sentirai péniblement la privation. Il en va toujours ainsi, dans ce triste monde ; à peine avons-nous pris racine quelque part que la destinée nous en arrache!

— Hélas! ce n'est point nouveau ; vous connaissez le vers du poète :

Dans le chemin des jours, est-il un voyageur
Qui ne laisse en passant un débris de son cœur?

Mais je suppose que vous rencontrerez ici quelques compensations?

— Oui, certes, et de très appréciables : le plaisir d'échanger la *classe* contre le *cours*, d'avoir une liberté plus grande, une besogne moins machinale, des élèves intéressants. Le plaisir enfin de me rapprocher de ma famille, et surtout d'en rapprocher mon fils, ce qui est capital pour moi.

— Ah! oui, je me souviens d'un joli bambin qu'on m'a dit vous appartenir..... Qu'en avez-vous donc fait, à propos?

M. Beaufort était célibataire, cela se voyait. Jacques sourit en l'entendant s'informer comme par hasard de son petit garçon.

— Il est en séjour dans un vieux manoir de famille, un vrai nid d'aigle suspendu au-dessus d'une riante vallée. Il répare dans un délicieux *farniente* les labeurs de son premier semestre d'écolier. Je l'ai confié à une bonne tante qui prend à tâche de le rendre rose et joufflu comme les petits gars de notre village. Mais j'y pense, Monsieur, je dois rentrer à Marcelline cet après-midi, pourquoi ne m'y accompagneriez-vous pas? Je vous promets le plus cordial accueil et un panorama qui vous dédommagera peut-être de cette infidélité à vos chères études.

— Merci, merci ; je suis attendu à Lyon ce soir même par un vieil ami à moi, un condisciple..... Vous devinez sans peine qu'ils se font rares! Mais je reviendrai, un jour ou l'autre, faire mes dévotions aux curiosités artistiques de votre ville. Je regrette d'avoir dû visiter trop rapidement le musée et votre précieuse bibliothèque. Tout cela me fera signe de loin, quand je me retrouverai dans ma solitude. Je m'y attends. Je n'oublierai pas non plus votre aimable invitation, et à mon prochain voyage vous aurez ma visite, je vous le promets! Vous m'avez toujours été sympathique, je ne vous le cache pas, et je regretterai souvent de ne plus vous rencontrer chez notre amie commune, Mme Pervent.

Quel émoi en entendant ce nom! Jacques tenait enfin le joint qu'il cherchait depuis sa rencontre avec M. Beaufort, pour amener la conversation sur un sujet qui l'intéressait si passionnément. Le mariage de Renée devait être un fait accompli, et, bien qu'il en eût d'avance le cœur déchiré, il brûlait d'apprendre tout ce qui avait pu précéder et suivre cet événement. Mais l'excellent homme était un peu prolixe, il n'était point aisé d'interrompre le fil de ses discours.

— Vous êtes bien indulgent, Monsieur, balbutia Jacques d'une voix un peu tremblante, et je suis sensible à cette bonne parole plus que je ne puis le dire. Quant à Mme Pervent, j'aurais été doublement empressé à lui témoigner mon respectueux attachement, maintenant que sa solitude lui rendra plus nécessaire la présence de ses amis.

— Sa solitude? Que voulez-vous dire?

— Simplement que le départ de sa fille a dû laisser au logis un vide irréparable.

M. Beaufort exprima sa surprise par des gestes véhéments.

— Mariée, Renée! Vous croyez que Renée est mariée?..... Mais vous retardez, mon jeune ami ; vous en êtes resté aux anciens projets.....

— Certainement, répondit le professeur plus mort que vif ; au moment de mon départ, on annonçait officiellement son mariage avec M. d'Aubert, et même, si j'ai bonne mémoire, on n'attendait que l'arrivée de ce dernier pour fixer la date de la cérémonie.

— Oui, mais voilà où les choses s'embrouillent. Ledit cousin, au lieu de venir se marier en France, s'est avisé de tomber malade en Tunisie, si gravement malade, que sa tante et sa cousine sont parties précipitamment pour recueillir au moins son dernier soupir. On eût dit, au contraire, que mon gaillard n'attendait que leur visite pour ressusciter, et voyez l'inconséquence féminine : Renée, qui avait répandu toutes ses larmes en apprenant son état désespéré, n'a plus voulu entendre parler de l'épouser quand il a été guéri..... Y comprenez-vous quelque chose?.....

Non, Jacques n'y comprenait rien, et il n'essayait pas de comprendre ; tout ce qu'il savait, c'est qu'une grande joie envahissait son cœur, et qu'il lui semblait passer des ténèbres désolées d'une nuit d'hiver à l'éblouissante clarté d'un beau jour. Son trouble était si profond, il tremblait si violemment qu'il craignit de se trahir et s'efforça de son mieux de composer son maintien. Mais M. Beaufort n'en avait cure, il était tout à son récit, car, ainsi que bon nombre de vieux célibataires, il n'était point insensible au plaisir d'un innocent commérage.

— On s'est perdu en commentaires sur ce brusque revirement, continua-t-il. Renée, n'étant point capricieuse d'ordinaire, nul ne pouvait s'attendre à pareille aventure. Mais allez donc vous fier à ces petites filles. Ells sont toutes les mêmes, on ne sait jamais ce qu'il y a dans ces folles têtes ; les plus habiles y perdent leur latin!

Le jeune homme sentit le besoin d'insister :

— Est-ce un refus sans espoir? demanda-t-il, désireux d'entendre confirmer une décision qui le ravissait.

— Absolument, puisque cette petite masque arrange déjà un mariage pour son ex-fiancé ; c'est vous dire qu'elle n'y tenait pas beaucoup elle-même. Si vous voulez le fond de ma pensée, je vous avouerai que je ne suis pas autrement marri de la rupture ; je suis attaché à cette enfant, et il m'était dur de la voir s'éloigner pour toujours. Et sa pauvre mère, qui la cédait avec tant de générosité, ne sera pas du moins obligée de passer l'eau quand elle voudra la retrouver.

Il lui sera loisible de l'établir plus près.

— Evidemment.

— Car, retenez bien ce que je vous dis là, malgré ses protestations, Renée se mariera une fois ou l'autre ; elle est trop charmante pour rester fille.

Jacques approuva de nouveau sans réserve.

— Mais le temps passe vite avec vous, mon cher ami ; il ne faut point oublier que je prends le train de Lyon à 2 h. 45. Faites-moi le plaisir de venir déjeuner avec moi. L'hôtel où je suis descendu contribuera à me laisser d'excellents souvenirs de votre ville natale : on y mange, ma foi, très bien!

Le jeune homme remercia. Si aimable que fût le magistrat, il lui tardait de se retrouver seul et de savourer son bonheur en silence. Prétextant un rendez-vous, il quitta M. Beaufort après de chaleureuses effusions.

— Avez-vous des commissions pour vos amis de Pont-les-Salines?

— Je compte bien les faire moi-même, répondit Jacques. Je dois y retourner sous peu afin de procéder à mon déménagement, et j'aurai naturellement le plaisir de me présenter aussi chez vous.

— A bientôt alors. Je ne vous tiendrai pas quitte de l'invitation que vous refusez aujourd'hui.

Ils se séparèrent sur la place Saint-Louis, et Jacques s'en alla à grands pas errer dans les rues de la ville, ne se lassant pas d'écouter la chanson joyeuse qui résonnait dans son cœur et qu'il avait cru finie pour toujours.

Il était tard lorsque, après une longue route, le jeune homme remonta le chemin rocailleux qui menait à Marcelline.

Quand il arriva au manoir, Robert dormait déjà et tante Benoîte l'attendait dans la grande salle boisée où son couvert était mis.

Bien qu'il fît beau et chaud dans le jour, les soirées étaient encore fraîches et le feu de sarments qui pétillait dans l'âtre lui fut agréable. Il embrassa la vieille demoiselle qui tricotait en lisant dans une grosse vie des saints. C'était une petite personne ratatinée par l'âge et dont le visage faisait songer à ces pommes reinettes qui se sont ridées sans perdre leur jolie couleur de bistre et de rose.

— Te voilà, mon petit. Je n'osais plus t'attendre ; tu t'es bien attardé ce soir?

— J'ai rencontré un ami, un ami de Pont-les-Salines, nous avons causé, cela m'a fait plaisir.

Par une sorte de divination, elle releva la tête et regarda son neveu ; il lui semblait que son accent, si morne d'habitude, avait changé.

Mais un sentiment de prudence instinctive retint aux lèvres du jeune homme l'aveu de ce qui remplissait son cœur ; il eut l'intuition que tante Benoîte n'approuverait pas ses plans.

— Pourquoi m'avoir attendu? demanda-t-il affectueusement.

— Je voulais te faire souper.

— J'ai à peine faim.

Mais il se trompait, ayant oublié de déjeuner, et quand il se trouva devant la petite soupière d'argent d'où s'échappait un fumet savoureux, lorsqu'on apporta un pigeon rôti, une salade fraîche et de beaux fruits conservés, il amusa sa tante par son appétit.

— Tu tombais d'inanition, mon pauvre enfant! Où as-tu mangé, à midi?

— A midi?..... Au fait, je crois bien que je n'ai pas mangé du tout.

Alors ce furent des exclamations, des trottinements de la salle à l'office, des allées et venues qui se terminèrent par l'arrivée successive d'un saucisson de ménage, d'un grand pot de confiture et d'une tasse de café.

— Pas déjeuné, le pauvre enfant! et cette grande course dans les jambes.....

Jacques souriait, ému quand même de ces attentions tendres, de ces soins délicats auxquels il ne prenait pas garde d'ordinaire.

Il se sentait heureux, plus qu'il ne l'avait été depuis longtemps ; il s'amusait à se laisser gâter et, fermant les yeux, il s'imagina voir Renée traverser à son tour la belle salle, l'emplir de son pas léger, de sa voix pénétrante. Se pourrait-il qu'il l'amenât un jour dans la vieille maison : qu'il l'en fît reine et maîtresse, sous la garde aimante de Mme Pervent et de tante Benoîte ?

Il s'était rapproché du feu et regardait d'un air pensif la flamme éclairant, par intermittences, les armoiries sculptées au fond de l'âtre. Toute sa vie, il avait aimé cette place ; son petit Robert partageait son goût, et c'était amusant de le voir assis contre le chambranle dans la pose de son père, et lui ressemblant tellement que ses tantes se déclaraient rajeunies de trente ans en le regardant. Le jeune homme rompit enfin le silence.

— Il faudra me faire conduire demain à la station pour le train de 11 h. 15. Je vais à Pont-lés-Salines.

Mlle Benoîte fit un haut-le-corps.

— Comme cela, tout de suite, sans crier gare ?..... Je croyais que tu n'étais pas pressé d'amener tes meubles, puisque tu n'as point encore arrêté d'appartement à Grenoble ?

Jacques s'embrouilla dans ses explications :

— Ma propriétaire de là-bas pourrait avoir besoin du logement que j'occupe..... Le terme expire bientôt..... c'est plus sage d'y aller voir.

Ceci ressemblait si peu au manque de prévoyance qu'on lui reprochait d'habitude, que la vieille demoiselle en demeura muette d'étonnement.

— Si tu juges que cela soit nécessaire, vas-y ! dit-elle, au bout d'un moment, avec la douce illusion qu'elle aurait pu l'en empêcher.

Il rit tout à fait.

— Alors, vous permettez, tante ?..... Seulement, je vais encore vous embarrasser de Robert.....

Un sourire très doux éclaira les traits de la vieille demoiselle, un sourire voilé comme l'éclat d'une lumière au travers d'une porcelaine transparente.

— Tu sais bien qu'il est la joie de la maison! dit-elle seulement.

Et ils se mirent à parler tous deux de l'enfant, de ses progrès, de sa santé, de sa gaieté, de tout ce qu'il inventait de joli chaque jour.

La pauvre tante avait les faiblesses d'une aïeule, et nous savons que Jacques était un tendre père.

Mlle Benoîte s'interrompit la première, en entendant sonner minuit. Elle se leva effarée.

— Nous perdons le sens, j'imagine! Ce n'est que pour Noël que je me permets de veiller si tard. Va bien vite te coucher, mon enfant, tu dois être las.

Toutefois, il demeura encore longtemps après son départ, la tête appuyée contre la haute cheminée sculptée. Il était perdu dans ses rêveries ; mais il n'était pas seul, une ombre chérie lui tenait fidèle compagnie : la svelte figure de Renée, dont le souvenir ne le quittait plus.

XIV

Pénétrons de nouveau dans le salon de Mme Pervent.

Le décor a changé ; au lieu du feu brillant, des fleurs d'arrière-saison, tout annonce aujourd'hui le printemps.

Les deux portes-fenêtres sont ouvertes largement sur le jardin, et l'on aperçoit la pelouse, les massifs d'arbustes parés encore de cette verdure tendre et fraîche que la poussière de l'été n'a pas altérée. Les tulipes, les jacinthes aux couleurs variées tracent dans l'herbe des lignes éclatantes, et les rosiers du Bengale sont déjà couverts de fleurs fragiles et charmantes dont les pétales s'envolent au moindre souffle.

La température s'est adoucie et le ciel d'azur pâle, les nuages légers qui courent vers le Sud, le soleil plus chaud assurent le beau temps.

Mme Pervent, assise dans un grand fauteuil de rotin, travaille à l'un de ces épais tricots que les pauvres du quartier connaissent bien ; Renée parcourt les allées ; de temps à autre, elle revient adresser une remarque à sa mère, elle va remplir son arrosoir à la fontaine, puis elle lève les yeux sur les fenêtres du premier étage tristement fermées, et un soupir s'échappe de ses lèvres.

Tout à coup, la mère lève la tête, et s'adressant à la jeune fille :

— Chérie, tu sais que c'est le jour de Mme Darbez? Cueille un bouquet de roses ; tu le porteras à ton amie Madeleine.

— Sans vous, maman?

— Oh! moi, j'ai le privilège de l'âge et puis garder la maison sans choquer personne. Rien ne me tente, aujourd'hui, que le repos et la vue de mon jardin.

— Vous n'êtes pas souffrante, j'espère?

— Pas le moins du monde ; j'ai une grande fille, j'en profite pour faire la paresseuse et la charger d'être aimable à ma place. C'est tout simple..... Puis-je aussi te confier quelques commissions?

— Tant que vous voudrez.

— Il y a la lingère à prévenir, le menuisier à payer. Il faut passer à l'ouvroir pour demander de l'ouvrage à Sœur Philomène ; avec elle, c'est toujours pressé, ses pauvres clients n'attendent pas. Entre aussi chez le marchand de musique pour renouveler l'abonnement ; si tu trouves quelque chose de joli, prends-le pour Madeleine ; vous tapoterez ensemble.

Renée se soumet à tout. Elle cueille les roses, place à la portée de sa mère son livre et son dévidoir, puis s'en va revêtir sa tenue de sortie. Elle reparaît bientôt, fine et distinguée dans le costume sombre qui l'amincit encore ; son grand chapeau noir fait ressortir la fraîcheur délicate de son teint.

Mme Pervent la regarde, l'admire tout bas et soupire. Sa fille est charmante, bien d'autres sont de cet avis ; la veille encore, il est survenu une demande en mariage par un officier et de discrètes ouvertures pour un jeune magistrat. Ne sera-t-elle jamais tentée d'assurer son avenir?..... Les mères sont toutes ainsi : dès que leur trésor a atteint sa perfection, elles songent à le partager.

— Je suis fâchée de vous laisser seule, chère maman ; je rentrerai tard sans doute, car Madeleine va m'entraîner au tennis.

— Tant mieux, enfant, un peu de mouvement te fera du bien. A ce soir, amuse-toi et ne sois pas en peine de moi.

Elles s'embrassent et Renée part, non sans avoir recommandé à Josette de fermer les fenêtres et de faire une flambée au coucher du soleil.

Y a-t-il des pressentiments? On le croirait parfois. Mme Pervent a ménagé à sa fille toute une après-midi au dehors, elle-même s'est réservé quelques heures de solitude en condamnant sa porte, et cependant quelques minutes se sont à peine écoulées que la vieille domestique apparaît tout agitée.

— Je ne voulais pas recevoir, Madame ; mais c'est si étonnant!..... Voilà M. Saurel qui arrive ; il dit qu'il n'est ici qu'en passant et qu'il veut présenter son respect à Madame.

— Faites entrer, Josette, je le verrai volontiers.

Et le professeur paraît, pâle, ému, presque tremblant.

— Pardonnez-moi de forcer la consigne, Madame ; je suis venu à Pont-les-Salines pour m'entendre avec un entrepreneur de déménagements, et il m'en coûtait trop de m'éloigner sans vous avoir vue.

— Je suis moi-même très heureuse de cette bonne surprise, Monsieur ; comment va le cher petit Robert?

— Très bien, je l'ai quitté hier ; il jouit beaucoup de la vie champêtre, et semble avoir oublié qu'il existe de par le monde des maîtres, des livres et des cahiers. Il avait grande envie de venir avec moi, car il se souvient de toutes les gâteries dont vous l'avez comblé.

— Il nous manque souvent, je vous assure ; c'est triste de ne plus entendre de petits pas d'enfant autour de nous ; le jardin nous semble moins joli sans lui. Etes-vous ici pour quelques jours?

Le professeur se trouble et reste un moment sans répondre.

— Pourquoi ne serais-je pas sincère, dit-il enfin ; la durée de mon séjour dépendra de vous, de Mlle Renée.....

Mme Pervent lève sur lui des yeux étonnés ; il continue :

— J'ai rencontré M. Beaufort à Grenoble ; j'ai appris de lui, vous dirai-je avec quel saisissement, la rupture de vos projets..... Je sais que Mademoiselle votre fille est libre..... je n'ai pu attendre plus longtemps.....

Mais, comme il voit clairement que la surprise de son interlocutrice augmente, il achève, éperdu :

— Bien d'autres vont se disputer sa main..... je tenais à être un des premiers.....

— Vous..... vous!....

Il se ranime un peu et poursuit courageusement :

— Oui, moi qui l'aime, qui l'admire depuis de longs mois, et qui ne puis supporter la pensée de la voir à un autre.

Mme Pervent le regarde encore ; il semble calme et résolu.

— Je dois croire alors que vous êtes libre vous-même ; entendez-moi bien, libre véritablement, c'est-à-dire que le veuvage a rompu vos premiers liens?

Ses yeux étincellent :

— Je suis libre, en effet, non pas de la manière que vous pensez ; mais je compte l'être bientôt tout à fait. Un de mes amis légistes m'a assuré que j'obtiendrais le divorce en transportant ma cause devant un tribunal français.

Elle se demande si elle a bien entendu.

— Alors, c'est sur le divorce que vous comptez pour épouser ma fille?

— Pourquoi pas?

— Tout simplement parce que notre loi religieuse ne l'admet pas et que Renée ne consentira jamais à l'enfreindre!

Il lui jette un regard de défi.

— Qui peut savoir?

Mme Pervent est prise d'une sincère pitié devant cet aveuglement.

— Je le sais! dit-elle avec fermeté. Croyez-moi, il est plus qu'inutile de soumettre votre demande à ma fille ; elle la jugerait, à bon droit, offensante.

Le jeune homme bondit sur sa chaise.

— Et cependant je ne me tiendrai satisfait que si je reçois mon arrêt de sa bouche! s'écrie-t-il avec violence. Si je me suis tu jusqu'ici, c'est que je respectais les droits d'un autre ; mais à présent.....

— A présent, vous ne vous croyez point tenu de respecter les droits de Dieu?

— Oh! je vous en prie, dit-il avec lassitude, ne mêlons point des idées conventionnelles à une chose si grave. Le bonheur de ma vie, le sien, peut-être, dépendent de la décision qu'elle va prendre. Je vous demande avec instance de me permettre de plaider ma cause.

— Eh bien, pour vous enlever toute arrière-pensée, je consens à être votre interprète auprès d'elle, sans vous cacher toutefois que ce sera en pure perte.

— Je croirai toujours que vous l'avez influencée s'il m'est interdit de lui parler, dit-il avec une hardiesse qui l'étonne lui-même. Pour une question semblable, je ne puis admettre d'intermédiaire.

Mme Pervent réfléchit un instant..... Combien elle aurait voulu épargner ce nouvel assaut à sa pauvre enfant!

Jacques s'approche, il se courbe jusqu'à s'agenouiller :

— Pardonnez-moi d'insister, dit-il humblement. Ce n'est point, je vous jure, que je suspecte votre loyauté ; considérez cependant que toute mon existence est subordonnée à sa réponse, et permettez-moi de la voir.

— Renée est absente pour quelques heures encore, il vous sera loisible de lui parler ce soir. Ménagez-la, continua-t-elle avec douceur, elle est très ébranlée par toutes les émotions qu'elle vient de traverser ; vous la trouverez un peu changée.

— Merci, oh! merci, dit-il avec transport. Si je réussis, si elle m'autorise à me consacrer à son bonheur, vous trouverez en moi le fils le plus dévoué, le plus reconnaissant.

Mme Pervent sourit tristement ; elle renonce à le désabuser, ce serait inutile ; mais elle souffre pour lui de la déception qui l'attend.

Le professeur voudrait bien faire des projets, exposer ses plans d'avenir, la carrière brillante qu'il ambitionne, les études qu'il entreprendra..... Sa vieille amie ne le lui permet pas. A quoi bon l'entretenir dans une illusion cruelle?

Il se lève alors.

— Je vais à mes affaires, il faut bien que je remplisse ce temps qui va me paraître si long jusqu'à ce soir. Quand pourrai-je me présenter?

— Nous vous attendrons à 8 heures.

Il hésite, il cherche ses mots, on dirait qu'il ne peut achever.

— Si j'osais..... Oh! Madame, vous avez confiance en moi, n'est-ce pas? Accordez-moi de parler à Mademoiselle votre fille sans témoin. Il me semble qu'elle sera plus libre d'exposer sa pensée sincère si personne ne peut la contrôler et l'entendre.

— Je vous connais assez tous deux pour juger que je puis y consentir.

— Une chose encore. Je vais vous paraître bien exigeant. Je vous supplie instamment de ne point l'instruire d'avance du sujet de notre entretien. Il me faut, pour être convaincu, surprendre son sentiment tout à fait personnel sur la demande que j'aurai l'honneur de lui adresser.

Mme Pervent réfléchit encore..... Grâce à Dieu, le doute n'est pas possible ; elle sait d'avance le résultat de cette démarche suprême. Renée pourra souffrir, qui sait..... mourir de chagrin peut-être..... elle ne fera jamais la moindre concession à son devoir. Pourquoi donc refuser à Jacques les garanties qu'il désire?

— Je m'engage à ne pas lui répéter un mot de notre conversation. Elle saura que vous désirez lui parler, et c'est tout. Etes-vous satisfait?

— Satisfait et confus, Madame. Si vous saviez l'angoisse qui m'étreint le cœur, vous excuseriez ces précautions, qui vous semblent puériles, je le crains.

Il s'en va et la mère tombe à genoux. Elle prie de toute son âme pour ces deux pauvres êtres que tant de sympathie attire l'un vers l'autre et que la destinée s'acharne à séparer. Son regard rencontre les vieilles chroniques de Bretagne dont Renée lui a fait la lecture la veille au soir ; elle relit la fière devise entourant l'hermine symbolique..... ses yeux se mouillent de larmes.

— Oh! oui, plutôt la mort qu'une tache! dit-elle en joignant les mains.

Le soir est venu. Renée, assise auprès de la cheminée, regarde le feu qui achève de mourir. Elle est anxieuse..... Pourquoi est-elle là, que signifie ce rendez-vous? Elle a tant de peine à conserver sa paix ; cet événement va la compromettre à nouveau, elle le sent au trouble profond qui agite son âme à la seule pensée du revoir. Fidèle à sa parole, sa mère s'est bornée à lui annoncer la visite du professeur.

— Oh! maman, il aurait mieux valu m'épargner cela!

Mme Pervent soupire..... Hélas! sommes-nous libres de choisir et n'est-il pas écrit au saint Livre :

« Comme la fournaise éprouve l'argent et le creuset l'or, ainsi le Seigneur éprouve les cœurs. »

Le Père céleste fait passer son enfant bien-aimée par un feu mystérieux; qu'a-t-elle à faire, sinon de l'implorer pour qu'elle en sorte victorieuse et que sa vertu soit affermie par cet assaut!

— Que Dieu t'inspire, mon enfant!

Et la jeune fille reste seule ; sa pâleur, ses mains nerveusement serrées attestent son émotion.

Un coup de sonnette retentit, un pas bien connu se fait entendre. Renée voudrait s'enfuir..... mais non, ce serait indigne d'elle. La porte s'ouvre, et Jacques a devant les yeux ce doux visage dont il a rêvé si souvent. Il le trouve maigri, altéré ; pour la première fois, il se juge cruel dans sa poursuite égoïste. Toutefois, la passion reprend le dessus, et il recouvre sa liberté d'esprit, il en a besoin.

De loin, il lui avait semblé tout simple d'entretenir la jeune fille de ses projets. Maintenant qu'il considère ce clair regard, ce front d'enfant, il hésite, il a presque honte. Il faut surmonter cette faiblesse ; celle qu'il aime est femme par l'intelligence et le développement moral, il ose croire qu'elle s'affranchira des préjugés surannés de sa mère.

Il s'assied de l'autre côté de la cheminée, et rassemble toute son énergie pour commencer :

— Je suis ici de l'aveu de Madame votre mère ; elle sait ce que je veux vous dire. Permettez-moi de vous parler avec confiance et sincérité. Vous avez été mise au courant des tristesses intimes de ma vie ; je ne sais si vous avez deviné tout ce que votre sympathie et votre bonté compatissante y ont apporté d'allègement. Grâce à vous, à ce voisinage de quelques mois qui restera mon plus cher souvenir, j'ai surmonté le découragement qui s'était emparé de toutes mes facultés, j'ai retrouvé la foi en moi-même, la foi dans mes semblables ; vous m'avez rendu le cœur neuf, ardent, enthousiaste, que je croyais mort pour jamais. Vous avez ressuscité, dans mon âme, un peu de cette espérance que les rigueurs de l'existence avaient détruite; sous votre influence bénie, le sceptique endurci est devenu presque croyant. Le saviez-vous?

— J'ai cru entrevoir dans votre esprit une évolution consolante, et j'ai béni Dieu de ce commencement de conversion.

— Ce que vous n'avez pas su, parce que je ne vous l'ai jamais dit, c'est que j'ai appris jour par jour à vous vénérer, à vous chérir. Vous me rendrez cette justice que je ne vous ai point laissé entrevoir les sentiments que vous m'inspiriez?

Renée incline la tête en signe d'assentiment.

— Si je me suis imposé cette contrainte, bien cruelle parfois, je vous jure, c'est que je vous savais promise à un autre et que l'honneur me défendait de parler. Mais à présent!..... Depuis hier seulement, j'ai appris que vous êtes libre, et, dès aujourd'hui, je suis devant vous..... je viens en suppliant.

Elle tressaille, une faible rougeur colore ses joues, le jeune homme croit lire dans ses yeux un sentiment de joie : ce n'est qu'un éclair. N'importe, il a surpris cette expression fugitive, et continue :

— Oh! ne vous méfiez pas de moi ; ne me croyez point aveugle et inconstant, parce que je n'ai pas su jadis placer mes affections. Souvenez-vous que j'étais très jeune, très naïf, et que j'ai cru aimer, tandis que mon imagination seule était conquise. C'est vous qui avez eu mon premier amour, Renée, c'est à vous seule que j'appartiens pour toujours.

Une joie délicieuse inonde le cœur de la jeune fille ; elle cache son visage dans ses mains pour qu'il ne trahisse pas son allégresse. Elle a la pudeur de ce sentiment vainqueur qui emporte tout sur son passage. Ainsi, c'est vrai, elle ne s'est point trompée : Jacques l'aime..... Quant à elle, mon Dieu, elle sent bien en ce moment qu'elle n'a jamais aimé que lui!

Elle jouit en silence de cette minute incomparable ; ce qu'elle ressent est trop sacré pour qu'elle essaye de l'exprimer.

Soudain..... oh! que votre lumière est foudroyante, Seigneur, lorsque vous daignez éclairer l'âme que vous voulez sauver! Renée revoit avec une netteté implacable les traits de celle qu'elle était tentée d'oublier dans son égarement. Elle se remémore la scène cruelle qui lui a infligé ici même une si profonde déception ; elle entend la voix mordante proférer cette parole inoubliable :

« Je suis sa femme! »

Qu'a-t-elle osé espérer? juste ciel! Elle savait que Jacques n'était pas veuf, et cependant elle l'a écouté un instant avec complaisance..... Des larmes brûlantes s'échappent de ses yeux, tandis que son âme est submergée par une confusion inexprimable.

Mais, Dieu soit loué! Lui seul a connu sa défaite, lui seul a assisté à ce drame intime et poignant, où l'attrait humain a failli triompher de sa conscience. Elle n'aura à pleurer que devant son Sauveur, elle ne s'humiliera qu'à ses pieds ; elle lui répétera mille fois qu'elle sera fidèle jusqu'à la mort et qu'il doit garder lui-même de tout mal et de toute faute ce faible cœur qui veut être à lui!

Le jeune homme ne se doutera jamais qu'il a été si près de remporter la victoire.

Renée relève la tête ; un feu céleste brille dans son regard, tandis qu'une infinie compassion adoucit la rigueur de ses paroles.

— Vous oubliez, dit-elle, que votre vie ne vous appartient plus et que vous êtes lié par un engagement irrévocable.

— Quoi! vous aussi? Vous si ouverte à toute idée de progrès, vous en êtes restée à ce préjugé barbare qui subordonne la destinée entière à une minute d'erreur!.....

— Ce que Dieu a établi ne vieillit point, et ses commandements durent autant que le monde.

— Mais les temps ont changé, notre intelligence s'est élargie, nous avons franchi les barrières étroites qui enserraient notre liberté. Vous voyez bien que la loi civile a consacré les exigences nouvelles en autorisant le divorce! Cela prouve qu'on en a reconnu la nécessité et le bienfait. Pourquoi voulez-vous remonter le formidable courant qui entraîne l'opinion ; pourquoi voulez-vous être seule à avoir raison?

— Parce que la règle divine est immuable, et qu'un orage plus violent encore emportera, une fois ou l'autre, les décrets de ceux qui prétendent la braver. J'ai appris dès l'enfance que le mariage est l'union indissoluble de l'homme et de la femme ; quoi que vous en disiez, je le penserai toujours!

— Eh bien! élevons-nous encore plus haut ; vous dites que Dieu est bon, pourquoi n'aurait-il pas un regard de pitié pour notre souffrance? La loi générale existe, je le veux ; mais il est impossible qu'il n'y ait pas d'exception pour un cas semblable au mien. Quoi! parce que j'ai été trompé, parce que ma bonne foi a été surprise, je devrai porter jusqu'à la fin la peine d'une faute qui n'est pas la mienne! J'ai rompu, il y a des années, ce contrat détesté, je suis libre moralement ; vous ne me ferez jamais croire qu'un lien réel subsiste encore.....

— Il ne sera rompu que par la mort de l'un de vous ; rien au monde ne saurait le rompre ; les lois divines ne sont pas soumises au caprice ni à la légèreté de l'homme.

Il frappe du pied violemment et répète avec un entêtement farouche :

— Cela est faux, vous dis-je! Cela ne peut être vrai puisque ce n'est pas juste. Et, d'ailleurs, que m'importe?..... Je vous aime, je saurai vous apprendre à m'aimer ; nous avons le droit d'être heureux.

— Pourrions-nous l'être hors de la voie droite, privés de l'amitié de Dieu?

— Nous le servirons ensemble. Je sens que je deviendrai meilleur auprès de vous.

— Nos efforts seront menteurs et nos prières sacrilèges. Dieu ne saurait le bénir.

Mais il ne paraît pas comprendre et s'écrie avec colère :

— Alors vous préférez me rejeter dans le doute, dans l'erreur, dans l'irréligion! Vous ne voulez pas me faire l'aumône de la tendresse qui me sauverait en m'enchaînant à vos croyances?

— Ma tendresse serait bien cruelle, car elle contribuerait à vous perdre. Vous l'avez dit, vous le sentez vous-même, une union semblable serait une chaîne, ce ne serait pas le salut. Au lieu de vous rapprocher de Dieu, elle vous retiendrait à jamais loin de lui. Levons les yeux plus haut que ce pauvre amour humain, si fugitif, si fragile quand il est coupable, et qui serait une entrave plus lourde que toutes les entraves. Souvenons-nous que si le péché emprisonne, la vérité délivre.

La pauvre enfant est à bout de forces ; elle ferme les yeux pour se réfugier un instant dans le sanctuaire sacré où Dieu réside, lorsque nous vivons dans sa grâce et son amour. Avec quelle foi elle le cherche à cette heure de suprême angoisse! Ne viendra-t-il pas l'assister dans ce combat douloureux? Avec quelle ardeur aussi elle implore pour l'âme de son ami le rayon victorieux qui triomphera de son erreur!

Mais Jacques poursuit, avec un vrai désespoir :

— C'est irrévocable, vous ne vous laisserez pas fléchir?

Elle fait signe que non, bien que des larmes couvrent son visage.

Rien ne l'attendrit ; au contraire, son insistance redouble, car il devine la lutte que la jeune fille soutient avec son propre cœur, et il veut essayer encore de la fléchir.

— Que signifie alors le commandement auquel vous prétendez subordonner votre vie, et que vous m'avez rappelé lorsque j'étais tenté de l'oublier : *Aimer les autres autant que soi et se donner à eux ?* Si vous vous détournez de moi, si vous me refusez le don de vous-même, auquel j'aspire, votre vertu est égoïste.

Il y a de la lumière sur le front de Renée et de l'inspiration sur ses lèvres, quand elle répond d'une voix qui ne tremble pas :

— Il y en a un plus grand encore : *Aimer Dieu au-dessus de tout et observer sa loi.*

Le secours est venu..... A cet accent si ferme, où l'on sent vibrer la soumission résolue d'une chrétienne, le jeune homme comprend qu'il se heurte à une volonté inébranlable. Il jette un coup d'œil éperdu autour de lui, comme s'il ne pouvait s'arracher de ce lieu où viennent de s'effrondrer toutes ses espérances ; puis il s'incline très bas sans mot dire, et sort d'un air égaré.

Renée reste seule ; sa souffrance est indicible..... Mais sommes-nous jamais seuls lorsque nous offrons à notre Père céleste l'hommage de notre cœur brisé?

XV

La journée avait été étouffante, on était à la fin de juillet, et les nombreux promeneurs qui longeaient, à pas lents, les allées du parc d'Uriage aspiraient avec délice la brise fraîche qui leur venait de la montagne, en courbant un peu la cime des hauts sapins.

Toutes les demi-heures, les tramways électriques déchargeaient dans la petite gare de nouvelles fournées de voyageurs : baigneurs revenant de passer la journée en ville, Grenoblois attirés par l'attrait de la représentation du soir, ou le plaisir de goûter quelques moments de fraîcheur avant de reprendre le train de nuit. Parmi ces derniers se trouvait un jeune homme de taille élevée au visage empreint de cette expression particulière qui ne laisse aucun doute sur la position sociale du sujet. On y lisait la distinction, une certaine roideur mêlée d'indifférence un peu dédaigneuse, qui n'était pas sans charme. Il portait un veston bien coupé, à peine dissimulé par le pardessus entr'ouvert, et tenait à la main une petite valise qui semblait indiquer une intention de séjour.

Tel fut, du moins, l'avis de deux ou trois fillettes qui sortaient du bureau de poste et qui, flairant un danseur, se hâtèrent de porter la bonne nouvelle à leurs amies, en quête comme elles de gentils cavaliers pour le bal du casino.

Lui, cependant, semblait n'avoir cure de l'attention flatteuse dont il était l'objet ; il marchait d'un pas pressé, sans se laisser arrêter par les séductions des étalages qui offraient, à la clientèle de passage, tout un assortiment de bibelots. Il atteignit ainsi un des plus jolis hôtels de la petite station, celui *de Grenoble et du Parc;* et, jetant un nom au chasseur qui flânait devant la porte, il gravit rapidement l'escalier de pierre où l'on venait d'allumer les lampes électriques.

Sur le palier, il fut rejoint par trois jeunes garçons portant avec désinvolture la tenue de cycliste. Ceux-ci, le reconnaissant soudain, se mirent à l'entourer en poussant tous à la fois de bruyantes exclamations de bienvenue :

— C'est l'oncle! L'oncle Jacques!

Juste à ce moment, une femme d'âge moyen sortit d'un appartement du premier étage et se pencha sur la rampe pour se rendre compte de ce tapage insolite.

A la vue du jeune homme, une expression de contrariété se peignit sur ses traits, bien qu'elle s'efforçât de sourire.

— C'est donc toi, mon grand! Nous ne t'attendions plus guère, je l'avoue.

Il se découvrit vivement et vint déposer un baiser affectueux sur le visage très doux et d'une belle expression maternelle qui se tendait vers lui.

— Entrons au petit salon, proposa Mme de Neuville, tu auras une chambre tout à côté ; mais il faut dire bonjour à Philippe avant de t'installer.

Il la suivit dans la pièce ainsi désignée et se trouva en face d'un homme qu'il était facile de reconnaître pour un officier bien qu'il ne fût pas en uniforme. Le colonel serra avec amitié la main de son beau-frère, et l'on eut le temps de faire un bout de conversation avant le premier coup du dîner.

— Pourquoi n'as-tu pas amené Robert? Nous ne vous rejoindrons à Marcelline qu'à la fin de notre saison, et j'ai hâte de le retrouver et de le reprendre tout à moi, comme jadis. Uriage est, d'ailleurs, le paradis des enfants, et sa santé elle-même aurait bénéficié d'un petit traitement.

— Il est superbe de vigueur en ce moment ; ç'eût été vraiment dommage de compromettre par un changement le bon effet des soins de tante Benoîte. Les eaux seraient un non-sens pour lui ; je crois que le grand air, l'exercice, la liberté sont plus salutaires que tout le reste.

— Tu as sans doute raison pour ton fils, qui n'a pas, comme mes garçons, à combattre les effets anémiants d'une première année d'Afrique. Es-tu avec nous pour quelque temps?

— Jusqu'à la fin de la semaine ; je n'ai pas de cours avant lundi ; j'ai tenu à profiter de cette trêve, car nous entrons ensuite dans une période d'examens, plus fastidieuse encore pour les juges que pour les victimes.

Etait-ce une idée? Jacques crut voir sa sœur échanger un signe d'intelligence avec son mari. Il était évident pour le professeur que son arrivée inopinée modifiait quelque projet. Il feignit n'avoir rien remarqué, tout en se promettant bien de chercher la cause du petit mystère qu'il flairait.

— Nous dînons à table d'hôte ; as-tu un bout de toilette à faire avant de descendre? On va t'indiquer ta chambre.

Mme de Neuville sonna et donna un ordre au domestique qui se présenta.

— Pour vous, mes garçons, vous n'avez que le temps d'aller vous mettre sous les armes ; vous savez que votre père ne plaisante pas sur le chapitre de la tenue.

Quelques instants après, toute la famille, augmentée de Jacques, pénétrait dans la vaste salle à manger brillamment éclairée.

La table, toute blanche, était ravissante avec la guirlande de gentianes bleues qui courait à l'entour dans des godets de cristal.

— Tu vois que c'est la nature seule qui fournit nos parures; nous avons eu déjà des trolles, des narcisses, des myosotis, des fougères..... n'est-ce pas joli?

Les convives arrivant, il y eut bientôt là toute une réunion élégante et animée ; plusieurs femmes étaient belles, beaucoup de jeunes filles étaient charmantes. M. de Neuville retrouvait parmi les pères et les maris quelques anciens camarades,

Jacques fut présenté à plusieurs familles, et chacun prit place. C'était vraiment un attrayant spectacle que toutes ces jolies toilettes et ces jolis visages autour de la table coquettement servie. On causait avec cette gaieté discrète qui dénote la bonne compagnie ; plus d'une fois, le colonel, qui était sévère pour ses fils, eut à réprimer de leur côté un éclat de rire trop bruyant détonnant sur le diapason général.

Après le repas, Mme de Neuville prit le bras de son frère, et tous deux suivirent la grande allée faiblement éclairée de loin en loin par un bec de gaz. Il faisait tout à fait obscur maintenant ; mais les étoiles n'en paraissaient que plus belles et scintillaient au fond de la voûte sombre.

Ils sentirent mieux qu'ils ne l'avaient fait jusqu'à cette heure la joie de leur réunion, en s'isolant de la foule parée qui se pressait aux abords du casino.

— Quelle délicieuse soirée, et comme c'est bon de se retrouver dans son pays!

— Tu te plais à Oran, pourtant?

Elle eut le beau sourire des femmes heureuses.

— Je me plais surtout où sont mon mari et mes enfants, répondit-elle ; t'avoir ici avec eux est un accroissement de bonheur, voilà tout! Il me manque encore tante Benoîte et notre petit Robert, pour être tout à fait contente.

Il soupira :

— Que penseras-tu de moi si je t'avoue que la vue de votre union si complète, de cette joie familiale qui vous suit partout augmente ma tristesse? Je dois te paraître bien égoïste.

— Loin de là, mon pauvre ami ; il est tout naturel que le sentiment de ta solitude se réveille devant notre intimité ; je me reproche parfois de te la laisser entrevoir, c'est compter son or devant le pauvre.

— Si *elle* avait voulu, cependant!

Il se tut et demeura rêveur, tandis que sa sœur se demandait s'il était sage de le suivre sur ce terrain brûlant. Elle n'osait commencer, et le silence régna un instant entre eux. Ce fut le jeune homme qui le rompit le premier.

— Je dis cela, et cependant je ne le pense pas toujours. Ecoute-moi, Marie, je veux te confier une chose. Je ne sais pourquoi, mais j'ai parfois de tristes pressentiments ; s'il m'arrivait malheur, *quelqu'un* serait heureux de recevoir de toi cette confidence. Je ne t'ai point caché mon désespoir au refus de Renée de profiter de la loi du divorce pour céder à mes vœux. Au premier moment, je l'ai jugée cruelle et fanatique, j'ai maudit la mère qui l'a élevée dans ces principes de morale intransigeante ; j'ai maudit la religion qui les a inspirés ; et puis, faut-il le dire, la réflexion aidant, j'en suis arrivé à un jugement plus équitable. Je me suis dit que le Dieu qui obtenait d'une enfant de vingt ans de tels sacrifices devait être bien puissant sur les cœurs, qu'il y avait de l'héroïsme à repousser le bonheur rêvé parce qu'on le jugeait coupable (car elle m'aimait, j'ai pu le deviner à travers sa fière réserve), et que la nature humaine laissée à elle-même serait incapable d'un semblable renoncement. De là à recouvrer ma foi disparue, il n'y a qu'un pas, et, quoi qu'il m'en coûte, je suis contraint d'avouer que Renée a été plus généreuse en me repoussant qu'en m'accordant la faveur que je lui demandais avec larmes.

— Dieu en soit béni! murmura Mme de Neuville émue.

— Ne me crois pas encore arrivé au port, tu serais trop loin de compte ; toutefois, je tenais à te dire que si je souffre comme au premier jour de son refus, du moins je ne suis plus tenté de blasphémer contre son Dieu qui le lui a dicté. Je ne sens plus en moi cette rancune angoissante qui me rendait méchant.

— La vérité délivre! a dit Notre-Seigneur.

Chose étrange, la parole de l'Evangile, qui était sortie du cœur ardent de la jeune fille, se retrouvait sur les lèvres expérimentées de la femme, tant il est vrai que le livre divin est le meilleur inspirateur de nos convictions.

— Tu l'as dit, reprit gravement le professeur, il y a un joug d'erreurs et de préjugés dont je suis affranchi pour toujours, et si je me sens malheureux à jamais, je ne suis plus révolté.

Le frère et la sœur s'étaient écartés tout en causant ; un appel sonore les fit se retourner : c'était M. de Neuville qui s'ennuyait de son abandon, dit-il en les rejoignant.

— Les enfants t'attendent pour te souhaiter une bonne nuit avant d'aller se mettre au lit, Marie. Il me semble prudent d'avancer l'heure du coucher, si nous voulons être debout avec le soleil pour l'excursion décidée. N'as-tu pas aussi à t'entendre avec le chef au sujet de nos approvisionnements?

— C'est vrai, je m'aperçois que je manquais à tous mes devoirs, répondit-elle en souriant ; n'en accuse que ce cher ami que je suis si aise d'avoir retrouvé. Tu sais qu'il est mon enfant presque autant que mon frère, et nous avions un arriéré de confiance à rattraper. Mais tu as raison, je te suis. Tu rentres avec nous, Jacques?

— Oui..... Tout à l'heure, le temps de fumer un dernier cigare ; ne vous gênez pas pour moi, allez à vos affaires, je vous rejoins dans quelques minutes.

— N'oublie pas l'heure, surtout, il est déjà tard.

Quand leurs deux silhouettes eurent disparu dans la pénombre, il continua son chemin jusqu'à la Tuilerie. Les lumières s'éteignaient peu à peu dans les petites villas, quelques rares promeneurs regagnaient leur logis.

Jacques s'imprégnait de ce silence, son âme au moins n'était plus jamais seule ; par un phénomène familier aux amoureux, il s'était accoutumé à associer Renée à toutes ses impressions. Il lui parlait tout bas et lui envoyait de loin un tendre bonsoir.

Distrait par ses réflexions, le jeune homme ne s'apercevait pas que la courbe du sentier qu'il suivait maintenant le ramenait au centre même d'Uriage. Il se retrouva tout à coup devant la façade du casino. Les hauts lampadaires allumés des deux côtés de la porte éclairaient violemment une affiche indiquant le programme de la soirée. Jacques le parcourut distraitement du regard, et soudain ses yeux dilatés par la surprise s'attachèrent avec persistance sur l'imprimé, comme s'ils ne parvenaient pas à le déchiffrer.

Voilà quel était l'ordre du spectacle :

« Les *Noces de Jeannette, Lakmé.*

» Avec le concours de MM. ***, de l'Opéra-Comique et de la Monnaie, de Mmes X*** et *Lucia Baldi*, de la Scala. »

Oui, il avait bien lu..... *Lucia Baldi*..... tel était le nom qui flamboyait sous ses yeux comme écrit en lettres de feu!

Il demeura un moment saisi de vertige, se demandant s'il n'était point le jouet d'une illusion, ou si cette femme s'attachait à ses pas pour détruire son repos.

Une lumière se fit alors dans son esprit, il eut l'explication du peu d'empressement que sa sœur avait mis à l'inviter à la rejoindre, de l'émoi visible que lui avait causé son arrivée à l'impromptu, de la hâte qu'on avait eue d'organiser une excursion pour l'éloigner d'Uriage pendant le court séjour qu'il comptait y faire.

Tous ces soins avaient été superflus ; il savait maintenant qu'elle était près de lui, celle qu'il considérait comme le génie malfaisant de sa destinée, l'obstacle à son bonheur, la chaîne dont il sentirait jusqu'à la mort l'humiliante meurtrissure.

Une colère folle monta dans son âme ; il eut la tentation d'entrer dans ce lieu de fête où elle prodiguait ses sourires, de lui arracher le masque de convenance dont elle parait son indignité et de révéler à tous ses escroqueries, ses mensonges, la dégradation où elle était tombée.

Mais cela non plus ne le libérerait pas. Ce qu'il fallait!..... Et la sueur perlait à son front en sentant, dans la poche de son pardessus, le revolver minuscule qu'il emportait dans ses déplacements. Oh! la guetter à la sortie, la suivre en se dissimulant dans l'ombre et puis la viser à coup sûr, car il était bon tireur, détruire cette beauté factice dont elle était si vaine, supprimer d'un geste une existence vouée au mal et conquérir pour lui ce droit à la vie qui lui était dénié!.....

Il voulut réagir contre cette exaspération, reconquérir le calme pour prendre une décision froide ; mais le calme ne venait pas, et, s'il s'interrogeait, c'était toujours la réponse de vengeance et de mort qui résonnait au fond de son âme. Il ne pria point, il ne savait plus prier ; mais il poussa vers Dieu une grande clameur et demeura immobile dans l'attente d'une réponse qui n'arrivait point jusqu'à lui. Peut-être le sommeil le surprit-il dans cette attente, peut-être seulement cette stupeur qui succède aux crises trop violentes ; il perdit un peu le sentiment de la réalité et ne le retrouva qu'en entendant monter dans la vallée l'appel sinistre et pressant du tocsin. Car il s'était élevé assez haut dans sa course éperdue, et maintenant Uriage était à ses pieds, caché par les lourdes masses des taillis.

Il se leva machinalement, arraché à sa torpeur par ce signe matériel de détresse auquel il est difficile de rester sourd. A peine avait-il fait quelques pas qu'il recula effrayé. A travers une coulée moins feuillue, il venait d'apercevoir une saisissante clarté et déjà une âcre odeur de fumée arrivait jusqu'à lui. Il ne pouvait en douter, c'était un incendie et un incendie important, à en juger par l'intensité du foyer.

Il précipita sa marche et vit plus distinctement les immenses flammes léchant la cime des arbres, les tourbillons de fumée dressant vers le ciel leurs volutes rougeâtres. D'un saut, il franchit une barrière et vint tomber très près du théâtre de l'incendie.

La foule se pressait autour d'une pompe qu'on avait dressée en hâte ; on faisait la chaîne et l'on tentait d'organiser du secours, sans succès apparent, car c'était une villa qui brûlait, une de ces constructions légères en sapin verni, qui semblent destinées à disparaître aussi rapidement qu'on les a édifiées. Tout flambait à la fois ; la toiture était en partie dévorée ; des fenêtres s'échappait une fumée épaisse, indiquant que le fléau faisait aussi son œuvre à l'intérieur.

Soudain, un grand cri s'éleva de toutes les poitrines, suivi d'exclamations de pitié et d'horreur. Affolée, à demi vêtue, les cheveux épars, une femme venait d'apparaître sur le balcon, et quelqu'un dit auprès de Jacques :

— C'est la Baldi..... la Baldi qui a chanté ce soir. On croyait qu'elle s'était sauvée ; à présent, il est trop tard!

Il entendit..... Un émoi affreux l'ébranla tout entier, tandis que, malgré l'horreur du spectacle, s'élevait au fond de son cœur cette pensée rédemptrice : « Libre..... tu seras libre!..... »

Un instant, la bête féroce qui sommeille en toute âme humaine se réveilla frémissante pour se délecter à l'idée de la mort inévitable.

Le jeune homme ferma les yeux, il se prit à souhaiter que ce fût vite fini.

On criait encore.....

Malgré lui, il les rouvrit ; la femme tendait les bras ; on devinait qu'elle implorait du secours ; l'atteindre était impossible, tant le feu était violent autour d'elle.....

Jacques se tordit les mains, les nerfs exaspérés par cette vision terrible. Il tenta de s'éloigner ; une force invincible le cloua sur le sol..... « Tu seras libre! »

Tout à coup, qui pourra expliquer ce mystère, il revit Renée comme il l'avait aperçue un soir, appuyée à la rampe de l'escalier ; il entendit son accent inspiré :

— Tu aimeras Dieu d'abord, et les autres pour l'amour de lui. *Aimer, se donner*, tout est là!.....

Une émotion irrésistible secoua son âme : il sentit que sa rancune se fondait, qu'il n'y avait plus devant lui qu'une créature en détresse qu'il fallait sauver à tout prix ; que là était vraiment l'accomplissement du précepte sacré.

Alors, saisi d'une ardeur généreuse, emporté par un grand élan vers ce Dieu qui recherche aussi notre cœur, il se précipita à travers la foule et renversa tous les obstacles.

On voulut l'arrêter, ce fut en vain ; il allait toujours. D'un coup violent, il enfonça la porte, monta en quelques bonds l'escalier que léchait déjà la flamme et apparut sur le balcon, à côté de la malheureuse déjà à moitié asphyxiée par la fumée.

On ne criait plus, le souffle même était suspendu devant cette folie d'héroïsme.

Il saisit Lucia dans ses bras, et repartit en l'emportant avec une vigueur incroyable. Déjà on venait à son aide ; des hommes s'empressaient ; un jet d'eau était dirigé vers la sortie pour suspendre un moment l'ardeur de la fournaise.

Mais la vapeur, plus redoutable que la flamme, le brûla cruellement, et il vint s'abattre sur la pelouse sans avoir lâché son fardeau. On les entoura. La femme fut déposée sur une civière et emportée à l'hospice. Jacques demeura étendu sur l'herbe : il s'était heurté au front, et le sang coulait de sa blessure. Sa souffrance même le ranima un instant ; il ouvrit les yeux, un sourire très doux erra sur ses lèvres, et il murmura distinctement :

— Tu aimeras..... tu aimeras!

Puis il retomba dans son engourdissement ; deux docteurs qui accouraient écartèrent les assistants pour le secourir.

A quelques mètres de là, le feu achevait son œuvre destructrice.

XVI

Lorsque Jacques reprit tout à fait conscience de son état, il se retrouva dans sa chambre d'hôtel. Une religieuse de Bon-Secours égrenait son chapelet dans un coin, et Mme de Neuville, assise à son chevet, semblait épier son réveil. Sa pâleur, son visage fatigué disaient assez qu'elle avait été assidue près de ce lit de souffrance.

Son regard rencontra celui de son frère, non plus le regard inconscient et fiévreux des jours précédents, mais le rayonnement paisible de deux yeux gris largement ouverts.

Elle se pencha vers lui, et mettant une caresse sur le front tout entouré de bandelettes :

— Pauvre enfant ! dit-elle doucement.

Il lui semblait être revenue à plusieurs années en arrière, quand elle le soignait dans ses indispositions de bébé. Il était comme alors impuissant, incapable d'agir, et cette faiblesse, jointe au danger pressant qu'il avait couru, la touchait infiniment.

Peu à peu, la lumière se faisait dans le cerveau fatigué du jeune homme : il revoyait cette soirée terrible où il avait effleuré le crime ; il se souvenait de l'ardeur vengeresse qui l'avait animé, et de pénibles regrets envahissaient son esprit. Se pouvait-il qu'il eût formé un tel projet, qu'il eût désiré *tuer* pour assouvir sa haine ?

Et, plus tard, quand il s'était trouvé au pied de ce balcon en flammes, était-ce bien lui qui avait caressé l'espoir de voir Lucia expirer sous ses yeux ?..... Il avait côtoyé l'abîme ; tout son être frissonnait encore d'horreur à la pensée de ce qui aurait pu arriver.

Oh ! combien il bénissait Dieu qui avait fait surgir devant lui le cher visage de Renée, qui lui avait montré sous une forme terrestre l'ange chargé de lui indiquer le bon chemin !..... Il était faible encore, nous l'avons dit, deux larmes coulèrent lentement sur ses joues amaigries :

— Bienfaisante, compatissante..... apôtre aussi !

Mme de Neuville l'écoutait sans comprendre.

— Mon pauvre enfant ! répéta-t-elle en l'embrassant, et une fierté tendre passait dans son sourire.

— Mon héros ! ajouta-t-elle plus bas.

Il rougit, sa main chercha celle de sa sœur pour y déposer un baiser.

— Ai-je été bien malade ?

— Nous avons cru te perdre ; les docteurs n'arrivaient point à dégager ton cerveau, et tu avais tant de fièvre, tu te plaignais si douloureusement !

Il rit tout à fait en regardant son bras enveloppé de coton.

— J'ai l'air d'une momie, toute la figure me tiraille ; je dois faire peur à voir.

— Ta moustache repoussera et tu conserveras une balafre très glorieuse, dit-elle non moins gaiement.

Ils avaient besoin tous deux d'épancher l'émotion joyeuse qui remplissait leurs cœurs ; elle avait craint de le voir mourir, et lui, en reprenant possession de l'existence, s'étonnait d'y tenir plus qu'il ne l'aurait cru.

La garde lui donna sa potion et s'éclipsa discrètement.

Il s'agita un peu :

— Marie, je veux te dire combien j'ai été mauvais, commença-t-il.

— Tu as été sublime, répondit-elle en lui fermant la bouche. Dieu bénira l'acte de dévouement par lequel tu as été si près de sacrifier ta vie.

— Vrai! Tu crois que cela expiait?.....

Elle ne voulut point savoir ce qu'il fallait expier, n'est-ce point au Seigneur qu'il appartient de sonder les cœurs?

— Sois calme, ne t'agite pas! dit-elle avec douceur, la fièvre est tombée, mais tu as besoin de repos.

— Je voudrais savoir..... l'ai-je sauvée, en effet?

— Plus tard! On te racontera tout plus tard ; pour le moment, ne songe qu'à te guérir, mon petit, à reprendre des forces. Philippe et les enfants ont bien hâte de te voir ; ils sont si fiers de toi!

Mais il poursuivait péniblement son idée.

— Dis-moi tout à présent, Marie, je t'en prie! Je suis plus fort que je n'en ai l'air ; je sais à peine ce qui est arrivé.

Mme de Neuville était assez embarrassée pour lui répondre, ignorant si Jacques s'était élancé au secours de Lucia en connaissance de cause, ou par le simple effet d'un élan généreux.

Le jeune homme vit son hésitation.

— Tu ne veux rien m'apprendre? Il faut donc que ce soit moi qui te fasse ma confession sincère ; laisse-moi parler, je t'assure que cela me soulagera.

En quelques phrases brèves, il raconta sa surprise en lisant sur l'affiche du Casino le nom de Lucia Baldi, l'émoi qui l'avait agité à la pensée que celle qui lui avait fait tant de mal était si près de lui. Il n'omit rien, ni son dessein meurtrier, ni les heures d'angoisse passées dans la forêt. Il arriva à l'incendie, et sa voix tremblait encore au souvenir des horribles pensées qui l'avaient assailli.

— J'ai souhaité sa mort, Marie, j'ai frémi de joie en songeant que j'allais être délivré..... Ah! quel souvenir!.....

— Alors tu savais que c'était Lucia qui était en péril, lorsque tu t'es élancé dans les flammes?

Il fit signe que oui.

Les larmes étouffaient la voix de Mme de Neuville quand elle murmura :

— Mon noble enfant.....

— Dieu m'a aidé, dit-il, et Renée.....

Il ne put continuer. Elle crut qu'il divaguait encore.

— Calme-toi, essaye de ne plus penser, dit-elle avec la voix berceuse qu'on prend avec les malades.

Mais il était parvenu à surmonter son émotion :

— Ne me crois pas fou ; je songeais seulement à la trace bénie que Renée aura laissée dans ma vie. Maintenant, je puis tout supporter..... et la solitude et la séparation. Je crois, j'espère, j'ai retrouvé Dieu. Il ne me manquera pas!

Elle l'embrassa tendrement.

— Oui, tout est bien. A présent, il faut dormir, mon petit, je resterai près de toi.

Il s'endormit avec la paix d'un enfant, ses souffrances lui laissant un peu de trêve, grâce au traitement énergique que l'on appliquait à ses brûlures.

Mme de Neuville se mit à prier ; elle avait besoin de remercier celui qui se fatigue à rechercher les brebis égarées et qui avait ramené de si loin l'âme de son frère chéri. Elle était anxieuse cependant : il restait un événement capital à apprendre au malade, et l'on pouvait craindre qu'il n'en fût gravement agité.

Aussi, durant les jours suivants, s'appliqua-t-elle à ne point demeurer seule avec lui. Son mari ou la Sœur garde-malade étant toujours en tiers, Jacques n'était pas tenté d'entrer dans la voie des confidences intimes. Peu à peu, il se remettait, la fièvre ne reparaissait qu'à de rares intervalles, il reprenait des forces, de l'appétit. Ses neveux avaient été admis à tour de rôle dans sa chambre, et ils considéraient avec une tristesse mêlée de respect ce pauvre oncle si courageux et si maltraité.

De crainte d'émouvoir le malade et d'effrayer le petit Robert, on n'avait pas fait venir celui-ci ; mais il savait que son papa était souffrant et il écrivait chaque jour des billets informes qui faisaient la joie de leur destinataire.

Enfin, la convalescence s'accentua nettement, la plaie du bras se ferma, et l'on put aussi enlever les bandages de la tête. Ainsi qu'on l'avait prévu, il ne restait qu'une cicatrice qui tranchait assez bizarrement sur le front bruni.

Quel bonheur que les yeux aient été épargnés! se disait Mme de Neuville, qui ne pouvait songer sans frémir au danger mortel que Jacques avait couru. Chaque jour elle passait plusieurs heures à travailler auprès de lui ; il ne parlait plus jamais de son accident ; elle crut cependant le moment venu de provoquer ses questions :

— Nous pouvons bénir le bon Dieu qui t'a épargné une mort affreuse! Tu jouais si gros jeu, mon pauvre ami.....

Et comme il se taisait :

— Tout le monde n'a pas été aussi heureux.....

— Vraiment? A-t-on des pertes importantes à déplorer, ce malheureux incendie a-t-il fait quelque autre victime?

— D'une manière indirecte..... oui.

L'esprit du jeune homme était assez pénétrant pour qu'il devinât que sa sœur ne lui parlait pas ainsi sans intention.

— Ne me cache rien, Marie, je puis tout apprendre. Est-ce de Lucia qu'il s'agit, est-elle malade comme moi?

Mme de Neuville le jugea assez préparé.

— Le Seigneur l'a reçue dans sa miséricorde, dit-elle gravement : elle s'est réconciliée avec lui avant de mourir.

Jacques devint livide et cacha sa tête entre ses mains.

— Dieu m'est témoin que je désirais la sauver! murmura-t-il.

— Et tu l'as sauvée en réalité, mon bon, mon cher enfant ; elle n'avait presque pas été touchée par les flammes ; c'est une fluxion de poitrine, jointe au saisissement, qui l'a emportée en trois jours. L'aumônier de l'hospice a eu le temps de la voir plusieurs fois et de lui administrer les derniers sacrements. Espérons que sa mort pieuse et résignée a compensé sa triste vie!

— Ne jugeons personne! dit-il d'une voix étouffée.

Puis il ajouta :

— Merci de m'avoir tout appris, Marie ; si tu veux, nous prierons pour elle ensemble, mais nous n'en parlerons plus jamais.

Peu de temps après, toute la famille quittait Uriage pour aller respirer l'air plus vif de Marcelline ; lorsque la voiture qui les emmenait s'ébranla, le jeune homme jeta un long regard sur ce pays où il avait trouvé son chemin de Damas.

— Reviendrai-je jamais ici? se demanda-t-il.

XVII

Plus d'un an s'était écoulé depuis les événements que nous venons de raconter. Septembre était venu, apportant à la nature ce charme un peu atténué dont l'été radieux ne sait point la parer.

Les arbres commençaient à se teinter dans les bois, les prairies fauchées, les champs moissonnés étendaient au loin leurs grands espaces vert clair et couleur de paille, les pommiers laissaient pendre leurs branches lourdement chargées et, dans les chemins creux, on sentait l'odeur amère des noix écrasées sur le sol. On pensait aux vendanges, les fruits mûrs des châtaigniers précoces tombaient avec un bruit mat, et les premières rafales venues du Nord emportaient déjà quelques feuilles mortes.

Tout annonçait l'automne, jusqu'à ces brumes légères qui voilaient soir et matin les cimes escarpées, comme pour en atténuer les triomphantes beautés.

Jacques et Renée gravissaient lentement le chemin abrupt qui mène à Marcelline. Ils étaient mariés depuis quelques semaines, ils avaient voyagé en Suisse ; mais le jeune homme avait eu hâte d'amener sa femme au logis, car rien ne valait pour lui son pays natal et sa vieille maison.

Tous deux s'arrêtaient fréquemment pour admirer. D'un côté du chemin, c'était le flanc de la montagne ; de l'autre, les pentes boisées descendant jusqu'à la vallée. L'horizon était borné par le massif de la Chartreuse, et sous leurs yeux se déroulaient largement les champs, les bois, les contours sinueux des ruisseaux. Tout au bas, les maisons pauvres et rustiques du village se pressaient autour du cimetière et de la vieille église romane ; la fumée légère, montant des cheminées, se mêlait à celle des terres brûlées et remplissait l'atmosphère d'une senteur âcre et pénétrante.

Il y avait beaucoup de paix, beaucoup de grandeur dans cet ensemble, et la pure clarté du ciel s'harmonisait heureusement avec les couleurs adoucies du paysage.

— C'est beau! murmura Renée.

— Vous le trouvez aussi, n'est-ce pas? Et cependant ces aspects familiers n'éveillent pas en vous, comme ils éveillent en moi, des souvenirs d'enfance et de jeunesse..... Que de fois j'ai rêvé là devant! Mais combien tous mes rêves sont dépassés par la réalité! ajouta-t-il en serrant la main qu'elle lui abandonnait. Vous aimer, chère femme, oser vous le dire et jouir avec vous de ce qui nous entoure : c'est le bonheur!

Elle inclina la tête avec un sourire grave. Leur félicité avait été précédée de si rudes épreuves qu'ils n'osaient encore s'y abandonner.

Ils montaient toujours, et plus ils montaient, plus l'horizon s'élargissait autour d'eux ; en se retournant, ils apercevaient maintenant en arrière les grandes montagnes arides du Trièves, le Drac épandant ses eaux tumultueuses sur un immense lit de cailloux, le torrent de la Gresse qui brillait au loin sous le soleil. Renée pensait qu'il en est ainsi de la vie morale et qu'il faut s'élever sans cesse pour voir haut et loin. Que sont, en effet, les spectacles bornés de la terre à côté des étendues sans limite que la foi déroule à nos yeux?..... Ce que nous avons commencé ici-bas : nos tentatives généreuses, les œuvres de notre bonne volonté, l'amour même qui remplit notre cœur, tout doit trouver dans un monde supérieur un magnifique achèvement.

— Aimer pour la vie, c'est trop peu, dit-elle répondant à ses pensées.

Mais elle avait été comprise : l'âme de son mari, en se purifiant par le sacrifice, s'était rapprochée de la sienne ; ils étaient unis en esprit et en vérité.

— Aussi notre amour survivra-t-il à la mort! répondit-il d'une voix émue.

Ils étaient arrivés ; les marronniers séculaires se dressaient devant eux, abritant le seuil usé que tant de générations avaient franchi.

Tous deux avaient secoué l'émotion un peu solennelle qui avait saisi leurs âmes dans la solitude du chemin ; ils sourirent au groupe nombreux qui les attendait sur la terrasse.

— Ah! les voilà, s'écria Robert. C'est papa et ma petite maman.

Le pauvre enfant ne se lassait pas de prononcer ce mot dont il avait toujours ignoré la douceur.

Renée le prit par la main et s'avança vers sa nouvelle famille. M. et Mme de Neuville étaient là pour quelques jours encore, et leurs collégiens menaient grand tapage au jeu de boules. Tante Benoîte s'empressait autour de la table du goûter, très affairée à pourvoir aux goûts de chacun.

Mais, par une habitude qui lui était chère, la jeune femme alla s'asseoir tout près de sa mère, qui travaillait avec la même ardeur que dans son petit jardin.

— C'est bon de vous avoir tous là! dit-elle en regardant autour d'elle.

— Pour ma part, cette réunion me semble encore un rêve, répondit Mme de Neuville. Avec quelle sécurité je laisserai Jacques, en m'en allant cette année, entre une si bonne mère et une si gentille femme!

— Nous irons vous faire notre visite de noces durant les vacances de Pâques, déclara gaiement le professeur.

— Pourquoi ne pousserions-nous pas jusqu'en Tunisie? demanda Renée. Georges et Mary le désirent tant!

— Avez-vous des nouvelles de Sidi-Belli, maman? Ces jeunes mariés me négligent.

Mme Pervent leva en l'air l'ouvrage qu'elle tenait.

Au lieu des tricots épais qui occupaient d'ordinaire ses doigts agiles, on vit une mignonne brassière de fine laine blanche.

— Mary m'a fait une commande, elle m'indique le printemps avec une joyeuse espérance.

— Nous arriverons pour le baptême, s'écria Jacques enchanté.

— Comme les desseins de la Providence sont insondables,

murmura Mme Pervent, et combien nous nous épargnerions d'angoisses inutiles si nous nous abandonnions avec une confiance invincible à sa conduite! Nos projets sont si souvent en désaccord avec le plan divin! mais l'homme propose et Dieu dispose des événements et des cœurs pour notre plus grand bien.

— Que dit-on par ici? demanda le colonel qui venait d'achever une partie de boules longuement disputée.

— Maman assure que les mariages sont écrits dans le ciel, répondit Renée avec le plus malicieux de ses sourires.

FIN

687-12. — Imprimerie P. Feron-Vrau, 3 et 5, rue Bayard, Paris, VIIIe.

Imp. Paul Feron-Vrau
3 et 5, rue Bayard
PARIS

www.ingramcontent.com/pod-product-compliance
Ingram Content Group UK Ltd.
Pitfield, Milton Keynes, MK11 3LW, UK
UKHW020321180726
13839UKWH00002B/509

9 782019 915674